長と溺愛子育て中

松幸かほ

幻冬舎ルチル文庫

CONTENTS ✦目次✦

社長と溺愛子育て中

✦カバーデザイン＝久保宏夏（omochi design）
✦ブックデザイン＝まるか工房

イラスト・陵クミコ✦

社長と溺愛子育て中

1

「こんにちは、チロちゃんの散歩に来ました」

建て替えの進む住宅地にある一軒の家を、柳沢槙《やなぎさわまき》は訪れた。

槙の声を聞きつけて、家の奥からは一頭のキャバリア犬が主《あるじ》よりも先に玄関へと向かってきた。

それにやや遅れて白髪《しらが》の老女が、おだやかな笑みを浮かべて姿を見せる。

「チロは遠くでも柳沢さんの足音が聞こえるのねぇ。玄関が開くもっと前から、そわそわしはじめるのよ」

「そうなんですね。チロちゃん、お待たせしました」

槙はそう言うと靴箱の上に準備してある散歩用のハーネスをチロに装着させ、外れたりしないか確認したあと、

「じゃあ、行ってきます」

老女に挨拶をする。

「よろしくお願いね」

それに軽く頷《うなず》いて、槙は犬を連れて老女の家を出た。

槇の仕事は、犬の散歩の代行だ。

もちろん、それだけを仕事にして生計を立ててきたわけではない。

もともとはトリマーとしてペットサロンに勤務していたのだが、そのサロンが倒産してしまったのが一年前。

最初の頃はサロンの顧客が個人的にシャンプーやカットを依頼してくれたりして、そこから飼い犬の散歩が難しくなってきた犬友達がいるという話をちらほら聞くようになり、散歩の代行をやり始めた。

もちろん、それは再就職までの間、食いつなぐためだけのつもりだったのだが、再就職はかなり難しかった。

そうこうするうちに頼まれて犬のしつけ教室なども開くことになり――トリマー時代にドッグトレーナーの資格を取ったのが、ここで生かすことができた――その三つの仕事の評判がよくて、口コミで客が増えたおかげで今のところ食べるのには困らないだけの生活は維持できているが、やはり不安定さは拭《ぬぐ》えない。

「なんとかしなきゃなぁ……」

一番いいのは、やはりどこかのサロンに勤務することなのだが、今募集があるサロンはすべて一度面接を受け、条件が折り合わずに終わったところばかりだ。

それなら自分でサロンをと思ったりもするが、先立つものがない。

そんなわけで、思考は堂々巡りをするばかりで、

「宝くじ、当たんないかなぁ……」

ついうっかり他力本願の極みのような言葉が口をついて出る始末だ。

その独り言に、チロが不思議そうに槇を見上げた。

チロを連れてきたのは、近くの公園だ。子供用の遊具が設置されたゾーンの周囲に遊歩道が整備されていて、朝と夜にはランナーが多いが、この時間帯は犬の散歩をしている人が多い。

「おー、柳沢くん、今日はチロちゃんの散歩かい？」

「こんにちは白井《しらい》さん、それから小鉄《こてつ》くん」

槇に声をかけてきたのは、以前、槇のしつけ教室に何度か来た白井という六十代の男性だ。男性が散歩させているのは秋田犬だ。

今はしっかり白井の横について、白井が足を止めるとそこでじっとしているが、以前は白井を先導する形で歩き、白井が足を止めても「早く行こうよ！」という様子を見せていた。挨拶ついでに何度か槇がアドバイスをするうちに、しつけ教室に来てくれて、今はすっかり白井をリーダーと認めて言うことを聞いている。

「いいモフモフ具合ですね」

冬毛におおわれた小鉄は、夏と比べると五割増しくらいに見える。

「モフモフっつーより、もっさりって感じだけどな」

白井の言葉に槇は苦笑いをしつつ、もうしばらく世間話をしてから別れた。

少し歩くと、コリー犬を連れた親子が歩いてくるのが見えた。

よくは知らないが、時々みかける親子だ。父親は三十前後のようで、子供は幼稚園くらいだろう。

槇は密かに二人をイケメン親子と心の中で呼んでいる。

そう呼ばずにいられないくらい、父親は本当に整った顔立ちをしていて、容姿端麗などと言う四文字熟語をためらいなく使える。そして背はかなり高い。子供は少し気弱そうな印象で、今は可愛さが勝っているが、父親に似た面差しの将来有望なイケメン候補だ。

平凡な顔立ちの槇としては、親子を見ると遺伝子って凄いなと思うのだが、槇も両親と似ていないわけではないので、選んだ遺伝情報が地味だっただけかと思ったりもする。

「こんにちは」

声が届く距離まで近づいた時、父親の方から挨拶をしてきた。

「こんにちは」

槇が会釈しながら返すと、子供の方は恥ずかしいのか、父親の後ろに少し隠れるようにして、小さく槇に会釈をして見せた。

——可愛いなぁ……。

槇が子供の様子に目を細めた時、

「きゃ！　待ちなさい！」

後ろの方で女性の鋭い声がして、それに振り返るとポインターという種類の犬が走ってくるのが見えた。どうやら飼い主の手からリードをふりほどいたらしい。

そのまま走り去るかのように見えたポインターだが、子供が視界に入ったのか、方向を不意に変え、子供に突進するように走り込んできた。

「あぶな……っ」

そう言うのと槇の体が動いたのは同時だった。

咄嗟《とっさ》にチロのリードを離すと、槇は走り込んでくる犬の首を抱きかかえるようにして受け止めた。

とはいえ、全力疾走に近い形のポインターの勢いに引きずられて、何とか動きは止めたものの、槇は地面にたたきつけられるような形で倒れ込んだ。

それでもポインターからは手を離さなかった。

手を離して、子供に飛びかかったら大変なことになるからだ。

「大丈夫ですか⁉」

心配そうな声が掛けられる。それはさっき挨拶をした父親のものだった。

それに槇が返事をしようとした時、

「すみません、すみません！　タイちゃん！　ダメでしょう！」

ポインターの飼い主らしい年配の女性が、取り乱した様子でやって来た。

「大丈夫ですか？　本当にすみません！　もう、タイちゃん……っ！」

タイちゃん、というのが犬の名前らしい。槇はしっかりとリードを掴《つか》んで犬を補綴《ほてつ》したまま、とりあえず体を起こし、そのまま立ち上がろうとしたが、

「じっとして。頭を打ったかもしれない」

コリーの飼い主の男が槇の傍らに膝をつき、止める。

「頭は、大丈夫です」

「でも凄い衝撃だったからね、むちうちになっていてもおかしくない」

男の言葉はもっともなものだったが、その言葉にポインターの飼い主の女性は大変なことをしてしまった、という様子で完全にうろたえ始めた。

「どうしましょう、何かあったら……」

「大丈夫です、多分。この子、奥さんの所の子ですか？」

槇は優しく聞きながら、しっかりと掴んだリードを女性に差し出す。

申し訳なさでいっぱいの顔で、何度もすみませんと繰り返しながら女性は、犬は息子夫婦がもともと飼っていたのだが、子供ができて散歩などを含めた世話全般が行き届かなくなり、彼女たちが世話をすることになったと話した。

彼女の夫の言うことは聞くらしいのだが、彼女の言うことは聞かないらしい。

恐らく、彼女の存在を犬は自分より下だと思っているのだろう。群れ社会で暮らす犬は自分の立ち位置よりも下だと認識した相手の言うことはきかないものだ。

「本当にどうしましょう…、ああ、そうだわ」

彼女はうろたえながら自分の携帯電話を取り出した。

「連絡先を…後で何かあったらいけませんから。久保田《くぼた》といいます」

随分と責任を感じている様子で、彼女は名乗った。

「大丈夫ですよ、特に怪我《けが》もしてませんし」

勢いで転んだだけの話で、本当に大丈夫だったのだが、

「いえ、そういうわけには。もしものことがあってからじゃ…」

久保田は必死で続け、

「ああ、じゃあ私も連絡先を教えていただけますか。うちの子供をかばっていただいてのことですし」

コリー犬の飼い主も槇にそう言った。

大袈裟《おおげさ》なことになった、と思いながらも、連絡先を交換しないことには収まらないような気配があり、じゃあ、と槇も携帯電話を取り出して連絡先を交換し合う。

その時、槇は財布に何枚か名刺を挟んでいるのを思い出した。

「あの、それとこれ……」

財布から名刺を取り出し、二人に渡す。

「ドッグトレーナー……？」

書かれている肩書きの一つを男が読み上げる。もう一つ書かれている肩書きは、トリマーだ。

「はい。しつけ教室とか、散歩の代行、その他にトリミング…シャンプーやカットですね、それもやってます」

「しつけ教室。…うちの子も、私の言うことをきいてくれるようになるのかしら」

久保田が諦《あきら》め半分という様子で呟《つぶや》く。

「ええ、大丈夫ですよ」

槙がそう返事をした時に、リードを手放されても逃げたりすることなく大人《おとな》しく座っていたチロが小さく吠えた。

「ああ、チロちゃんごめんね。そろそろ行こうね」

軽く膝を折り、チロの頭を撫《な》でる。

「この子も、散歩を代行させていただいている子なんです。あまり遅くなると飼い主の方に心配をかけてしまいますので」

槙はそう言って軽く会釈をする。

久保田は「本当にすみませんでした」と再び謝り、コリー犬の飼い主は槙がしたように軽く会釈を寄こしてきた。

槇はそれに軽く笑みを浮かべ、チロの散歩に戻った。

◇◆◇

槇の携帯電話に電話がかかって来たのは翌日の午後、部屋の片付けをしている時のことだった。

液晶画面に出ている「桜庭《さくらば》久仁《ひさひと》」の名前には馴染《なじ》みがなかったが、電話帳に登録されている相手であることだけは確かなので、訝《いぶか》しみながらも電話に出た。

「はい、柳沢です」

『柳沢さん？　桜庭です。昨日、公園で犬の散歩中にお会いした』

説明を添えられたが、その前に声だけで彼だと槇は分かった。

「ああ、はい。コリー犬の……」

『そうです。今、少しお時間大丈夫ですか？』

「ええ、大丈夫です」

『ありがとうございます。お体の方は？　何かありませんか？』

最初に聞いてくれたのは、体調についてだった。

誰かに心配されることは久しぶりで、それだけで少し心が温かくなる。

「大丈夫です、ご心配をかけてすみません」

本当は倒れた時に打ちつけた膝に青あざができて、他にも軽い打撲のような症状が起きているが、心配するほどのものではないので、伏せた。

『そうですか、よかった』

安堵《あんど》するような気配の後、男は続けた。

『実は、うちの犬のことでご相談したいことがあって。近々、一度お時間をいただけないかと思いまして』

「相談、ですか」

『はい。明日の午後、お時間をいただけますか？』

そう言われて、槇は慌ててスケジュール帳を開き、時間をすり合わせる。

「……では、明日の午後二時にお伺いします」

告げられた時間と場所をスケジュール帳に書き込みながら、槇が言うと、

『よろしくお願いします。では』

そう言って、電話は切れた。

「……イケメンは声もイケメン」

槙は呟いて、携帯電話を置いたが、ふっと置いてある鏡に映った自分の顔を見ると、笑っていた。

「……何ニヤケてんだよ」

鏡の中の自分に苦笑して、槙は部屋の片付けに戻った。


翌日、槙は来てほしいと言われた場所に向かった。

会社にと言われてその通りにしたのだが、大きなビルの四階のワンフロアを丸ごと使っている様子だった。

受付で会う約束をしている旨を告げて待っていると、やや してから正面のドアが開き、すらりとした巻き髪の女性が出てきた。

「柳沢様ですか?」

「あ、はい」

「ご案内致しますので、どうぞ」

女性はそう言うと槙を先導してオフィスに入った。

オフィス内の廊下は華美な様子ではないが、落ち着いた雰囲気ながら、内装には手がかかっている感じがして、トリマーの専門学校を出た後すぐにサロンに勤めた槙には、平均的な会社勤めの経験がないせいか、妙に落ち着かない気持ちになった。それに、

――桜庭さん、どうしたんだろう。

本人が出てくると思ったのに、そうではなかったことも、落ち着かない気持ちになる理由の一つだ。

とはいえ、会社に来るように言ってきたということは、忙しい人なんだろうと推測できるし、忙しいということは時間が前後することもあるのかもしれない、と思っていると、先を歩く女性がある部屋の前で足を止めた。

「社長、柳沢様がいらっしゃいました」

ドアをノックしながら言った、その役職名に、槙は目を見開く。

――今、社長って……。

戸惑っているうちに「どうぞ」と中から声が聞こえて、その声は確かに公園のイケメン親子の父親のものだった。

その声を受けて女性はドアを開け、槙を中へと促《うなが》す。

「失礼します……」

おずおずと、引け腰になりながら中に入ると、スーツ姿のイケメンの父親がそこにいた。

「こんにちは、柳沢さん。御足労お願いして申し訳ありません」

笑みを浮かべながら歩み寄ってくる彼に、槇が会釈をすると、

「どうぞ、そちらに掛けてください」

そう言ってソファーセットへと促した。

「どうも…失礼します」

促されるままソファーに腰を下ろすと、

「貝塚《かいづか》さん、飲み物をお願いします。柳沢さん、コーヒーで構いませんか？」

そう聞かれて、槇は頷く。

「では、コーヒー二つ」

「かしこまりました」

先ほどの女性はそう言って、一度部屋を出た。

「わざわざ来ていただいて、すみません」

「いえ…そんなに遠いわけじゃないですし。でも、驚きました。社長さんなんですね」

槇が素直に言うと、彼は笑った。

「社長なんていう器じゃないんですけれど、父が亡くなったのでその跡を。周りに支えられてなんとかやってます」

そう言ってから、思い出したようにスーツの内ポケットから名刺を取り出し、槇に差し出した。

「先日は持ち合わせていなかったので」

差し出された名刺には、『桜庭エステート　代表取締役社長　桜庭久仁』と書かれていた。

「社長さんの名刺なんて、初めてです」

愛犬家同士で名刺交換のようなことは時々あるが、犬の写真と名前がメインのもので、飼い主の名前と電話番号が添えてある程度だ。

こういうちゃんとした名刺をもらうのには不慣れで、名刺交換のルールもいまいち槇は分からない。

「大仰な肩書きのせいで、名刺交換が実は重荷ですよ」

そんな槇に冗談のように返してから、

「昨日お電話でも、怪我は大丈夫だとおっしゃっていましたが、本当にそのようで安心しました」

久仁はそう言った。

「御心配をおかけしてすみません」

「いえ、もし柳沢さんがいらっしゃらなかったら、うちの子が怪我をしていたかもしれませんから。犬は子供のいい遊び相手になってもくれますが、爪《つめ》や牙《きば》は凶器にもなりますから怖いですね」

「そうですね。あのポインターの飼い主さんも、これからのことを心配されて、うちのしつけ教室に来てもらうことになりました。犬は社会性の高い動物なので、きちんとしつけをされれば、他者に迷惑をかけるようなことってほとんどないんですよ」

気になっているだろう例の犬のことを伝えると、久仁はそうですか、と返しながら少し安心した様子を見せた。

散歩のルートが同じ場合、これからも何かあるかもしれないと思うと不安だったようだ。

あのポインターはまだまだ若く遊びたい盛りで、恐らくは子供に向かっていったのも「遊んで」というつもりだったのだろうが、力加減の分からない状態では久仁の言った通り、その脚力も牙も爪も、すべてが凶器だ。

そう思った時、先ほどの女性がコーヒーを運んできた。そこで一度話は途切れたが、彼女が下がり、一口コーヒーを口にしてから、久仁は話を切りだした。

「実は、うちの犬なんですが」

「ああ、はい。コリーさんですね」

手入れの行き届いた様子の綺麗《きれい》な毛並みを思い出した。

「実は忙しくて、普段はあまり散歩に連れて行ってやることができないんです。週に一度、ドッグランに行くか、先日のようにたっぷり歩いてやるのが限界で。それ以外は散歩に行けないか、行けても十分程度なので、ストレスがたまっているんじゃないかと心配で」

「そうなんですか……。牧羊犬がルーツですから、それなりの運動量を欲しがる犬種ですね」

「それで、平日の散歩の代行をお願いできないかと思って」

「平日というと、月曜から金曜の毎日、ですか？」

槙は問いながらカバンからスケジュール帳を取りだした。

「できれば、ですが。他のお仕事もお忙しいと思いますから、柳沢さんのスケジュールのあいている時ということで構いません。現状より散歩が増えることは、ランディーにとってはいいことなので」

「あ、ランディーちゃんって言うんですね。ランディーくん、かな」

フリーページに犬の名前などをメモしていく。

「くん、ですね。オスなので」

「毎日同じ時間というのは少し難しいのですが、曜日によって変更になっても構わないということであれば、毎日でもお引き受けできます」

毎日の代行というのは物凄くありがたいが、既《すで》に入っている散歩の代行を考えると、同じ時間にというのは少し難しくて、聞いてみる。

「いえ、それで構いません。よろしくお願いします」

「分かりました。初日だけ、ランディーくんの性格や体調なんかをみたいので、桜庭さんのいらっしゃる日にご自宅にお伺いしてよろしいでしょうか？　その際に散歩についての案内などをお持ちします」

槇の言葉に久仁も携帯電話を取り出し、自身のスケジュールを確認する。

「今週は少し忙しくて……日曜しか家にゆっくりとはいられないんですが、柳沢さんのご予定は？」

「大丈夫です。日曜は代行の仕事もありませんし、今週はしつけ教室もないので」

「お休みのご予定だったのでは？」

気遣ってくれる久仁に槇は微笑《ほほえ》んだ。

「いいえ、なぜか空いてしまっただけです。土日はご自身で散歩にとおっしゃる方が多いですし、しつけ教室は借りるスペースの都合で土曜開催が多くて」

「そうですか。では、日曜に。午後でかまいませんか？」

「はい、都合の良いお時間をおっしゃってください」

「それでは三時にお願いできますか？」

「分かりました。日曜の三時にお伺いします」

しっかりとスケジュール帳に書きこむ。

その後、訪ねる家の住所を確認したり、当日できれば一緒に散歩に行ってほしいということなどを話して、槇は久仁の許《もと》を後にした。

「……毎日の散歩のお仕事、ゲット！　かも」

会社の外に出て、帰路を急ぎながら、槇は小さく呟いた。

2

その週の日曜、槇は約束通りに久仁の自宅を訪れたのだが、そこは地元ではセレブが住んでいると有名な豪華マンションだった。

代行を頼まれた時の住所確認で、もしかしたら、と思ったのだがやはりそうだった。

——不動産会社の社長だし、お金持ちなんだなぁ……。

胸の内で槇は呟く。

あの日、電車を待つ間に携帯電話でエステートの意味を調べると、不動産という意味があることが分かり、社名で検索をかけるとやはり不動産を取り扱う会社だった。

完全に別世界の人だなぁと思いながら、槇はエントランスに入る。

すると、まるでホテルのようにロビーがあり、そこのフロントカウンターにスタッフが二人待機していた。

「あの、七〇一号室の桜庭さんに約束があって伺ったのですが」

並んで座っているうちの一人に声をかける。

「桜庭様ですね、失礼ですが、お客様のお名前を」

「柳沢といいます」

「柳沢様ですね。少々お待ち下さいませ」

スタッフはそう言うと、恐らくは内線だろうが、電話をかけた。そして確認を終えると、フロントカウンターを出て来た。

「お待たせいたしました、どうぞこちらへ」

そう言って槇を先導し、奥にある自動ドアの前に向かった。ドアの横についている端末にカードキーを差し入れると、ドアが開く。

そのドアの奥にエレベーターがあり、そこにもカードキーを差し入れる端末がついていた。セレブが住まう場所ゆえか、住人以外の立ち入りはかなり厳重に管理されている様子なのが分かる。

エレベーターが来ると、スタッフは七階のボタンを押し、

「桜庭様のお部屋は七階、ドアが開きましたら右手方向正面でございます」

そう説明して、槇だけをエレベーターに乗せる。

「ありがとうございます」

槇が案内の礼を言うとほどなくしてドアが閉まり、エレベーターが上昇を始める。

七階に到着して、言われたとおりに右に進むと確かに正面に七〇一のプレートがあり、その下に優雅な花文字で「SAKURABA」と書かれた表札があった。

槇は一度深呼吸をしてから、インターフォンのチャイムを押した。すぐに、

『はい』

と久仁の声が聞こえ、槇は名乗る。

「柳沢です」

『少し待って、すぐに開けます』

インターフォンが切れ、ややしてからドアが開けられた。

出てきた久仁は散歩のときに見るようなラフな格好だが、イケメンは何を着ても様になるなと余計なことを思いながら、

「こんにちは」

とりあえず頭を下げて挨拶をする。

「こんにちは、わざわざすみません。どうぞ中へ」

促されて玄関に入ると、いつも一緒に散歩に来ているあの子供がコリーと久仁の陰に隠れるようにしながら、槇を見ていた。

その様子に槇は子供にも頭を下げて挨拶をする。

「こんにちは、お邪魔します」

「祐輝《ゆうき》、ご挨拶を」

久仁に促されて、紹介された祐輝はぺこりと頭を下げ、小さな声で「こんにちは」とやや舌ったらずな発音で挨拶を返してくれた。

「息子の祐輝です。少し人見知りで」

苦笑しながら久仁は言うが、その声からは祐輝をとても可愛いと思っている様子が窺《うかが》えた。

玄関を上がるとそのままリビングに案内されたが、リビングはとても広くて、そこだけでも槇の住んでいるアパートよりも大きいだろうと思えた。

促されるままコの字型に置かれたソファーの一番手前に座すと、定位置らしい一番奥の行き止まりの席に祐輝が座り、その脇にランディーが大人しく座る。

「少し待っていて、お茶を」

「あ、どうぞ、おかまいなく」

定番とも言えるやりとりは、この仕事を始めた頃は槇もぎこちなかったのだが、今は通過儀礼のようにさらりとこなせる。

ほどなく、久仁がトレイに槇と自分のコーヒー、そして祐輝にはココアを持って戻って来た。

それを一口飲んでから、今日の本題に入る。

「今日は、ランディーくんの散歩の代行について細かい部分の打ち合わせをさせていただきたいんですが、こちらがうちで代行をやっているプランです」

槇はカバンから用意してきた案内を取りだす。

「ランディーくんは大型犬なので、お値段はこちらで、散歩時間は三十分刻みで好きな時間を選んでいただけます」

「グループと単独というのは？」

久仁は二つに分かれている欄を指して問う。

「単独は、請け負う犬一頭だけを散歩させる場合です。飼い主さんが望まれる場合と、後は犬が他の犬と一緒だと問題行動を取るとこちらで判断した場合、そちらでお願いしています。目が行き届きますし、散歩をしながら問題行動の矯正も行いますから、その分だけ少しお値段が上がりますけれど」

「グループだと、大体何頭の犬と一緒なのかな？」

「小型犬ばかりでも最多で三頭ですね。中型で二頭、大型犬が入る場合、相手は小型犬か中型犬を選びます。何かあった時に僕が問題なく御《ぎょ》せるかどうかを基準にしているので」

「なるほどね」

「ランディーくんは、散歩でお会いした時の様子を考えるとグループで大丈夫だと思うんですが、決定はゆっくりランディーくんを見せていただいてからということで構いませんか？」

槇の言葉に久仁は頷いた。

「ランディーくんのことについて聞きたいのですが、最近の様子と年齢をお伺いしていいですか？」

槇は問うと久仁は少し考えるような顔をした。

「年齢か……。ランディーはシェルター出身だから、正確な年齢は分からなくてね。大体の年齢だと…十二、三歳というところかな」

シェルター出身と聞いて、槇は少し驚く。

ランディーは血統書がついていてもおかしくないような綺麗なコリーだったからだ。

「そうなんですか…。十二、三歳というと結構なおじいちゃんですね」

コリーの寿命は平均してそれくらいだ。

それなりの年齢だとは思っていたが、予想よりも高齢だった。

「最近の体調は？　食欲や、排泄《はいせつ》などですが、何かおかしいところは？」

いろいろと聞いた後、槇は直接ランディーを触らせてもらうことにした。

祐輝は不安そうにしていたが、久仁が何かを耳打ちすると頷いて槇がランディーに触れる様子を見ていた。

ランディーはしっかりとしつけができている犬で、槇が目や歯の様子を見たり、触診とスキンシップを兼ねていろんな場所を撫でても大人しくしていた。

「体調に問題はなさそうですね。耳の中も綺麗ですし、口の匂いもしないので、内臓も元気だと思います。ランディーくん、ありがとう。いい子だね」

首周りを撫でて解放すると、ランディーは少ししてから祐輝を振り返り、祐輝の許に戻って行く。

「この後、一緒に散歩をお願いしたいのですが、構いませんか？」

「ええ。祐輝も一緒にいいですか？」

そう問われ、槇は頷く。

「もちろんです」

槇の返事に、久仁は祐輝に「散歩の用意をしておいで」と声をかけると、祐輝はテケテケと恐らくは自分の部屋へと向かって行った。

――可愛いなぁ。

緊張しているのか、最初に挨拶した後はほとんど声を聞いていないが、怖がられたり嫌がられたりしていなければいいな、と思う。

少しして祐輝がコートとマフラーをつけてリビングに戻って来たところで、ランディーを連れて三人で散歩に出た。

これからの散歩のことがあるので槇がリードを持ち、歩くペースや、物や音に対する反応や、歩様《ほよう》を確認する。

「大人しくて利口ないい子ですね」

いつも出会う公園の入口まで来たところで、槇はランディーを褒める。

「そうですね、あまり困らせるような行動は普段もないし、祐輝のいいお兄ちゃんをしてくれてます」

「ランディー、いいこ」

祐輝はそう言ってきゅっとランディーに抱きつく。

その様子が可愛くて思わず笑みが漏れた。

「祐輝くんは、ランディーくん好き？」

槇が問うと、こくりと頷く。

「多分、ランディーくんも祐輝くんのこと大好きだよ」

槇が言うと、祐輝は嬉《うれ》しそうに笑った。

別に適当なお世辞を言ったというわけではない。ランディーはリードを持つ槇の言うことをちゃんと聞くが、祐輝の動向を見守っているのが感じ取れた。

祐輝を保護しなければならない対象として認識しているのだろう。

そう思いながら公園の中を歩き始めると、久仁の携帯電話が鳴った。

「ちょっと失礼」

そう言って久仁は電話に出たが、どうやら仕事の話らしいのがやりとりの端々から分かる。

世の中の社長と言われる人たちとは殆《ほとん》ど関わったことはないが、前に勤めていたサロンの店長も毎日バタバタと忙しそうだったし、それと比べていいかどうかは分からないが、それと同等かそれ以上に忙しいんだろうなと漠然と思った。

久仁が電話をしている間、槇は祐輝と少し話してコミュニケーションを図ったが、祐輝はやはり言葉で返すよりも仕草で返事をしてくることが多かった。

普段、小さい子供と触れあうことの少ない槇は、祐輝のその様子が普通なのかどうかは分からなかったが、自分を見る目にあまり警戒心がないので、怖がられてはいないと思う。

——人見知りって桜庭さん言ってたし…。

だから、こんなものなのかな、と大ざっぱに思う。

一時間弱の散歩を終えて、マンションに戻り、再び部屋で明日からの散歩について話した。

ランディー自身に問題がないので、グループでの散歩でも大丈夫だということを告げ、単独とグループを選んでもらうことにした。

久仁はどちらでもよさそうだったが、リーズナブルなグループの方を槇が勧めるとじゃあそちらで、という流れになった。

「予定しているグループの他の犬との相性を来週いっぱい見させてもらいたいので、正式な散歩時間の決定は再来週にと思います。来週の散歩時間のスケジュールは明日の散歩の時間にお持ちしますが、僕がお伺いする時におうちにどなたかいらっしゃいますか？」

依頼書類に名前を書いてもらいながら、槇は聞く。

「朝、九時から夕方五時半までは家政婦さんが来てくれているので、彼女に渡しておいてください。柳沢さんが来ることは彼女にも、フロントのコンシェルジュにも話しておきますから」

久仁は記入した書類を返しながら言った。

「わかりました。では、明日からよろしくお願いします」

「こちらこそ、お願いします。祐輝、柳沢さんにご挨拶をして」

久仁が促すと、久仁の隣に座していた祐輝はペコリと頭を下げた。

それに槙は笑顔で同じように頭を下げ、

「祐輝くんもランディーくんも、明日からよろしくね」

そう声をかけると、祐輝はこくりと頷いて、ランディーは分かっているのかいないのか判断がつかなかったが、神妙な顔をしているように見えた。


翌日から、槙は予定通りランディーの散歩を始めた。

久仁が話してくれていた通り、コンシェルジュは槙の姿をみると挨拶をしながらすっとカウンターを出て来て奥のドアを開けてエレベーターへと案内してくれた。

部屋に着くとやはり家政婦が快く出迎えてくれた。

ランディーを連れて出る時、祐輝は心配そうな顔をしていたが、家政婦が、

「祐輝坊ちゃまがおやつを食べて、絵本を読んでらっしゃる間に帰ってらっしゃいますよ」

そう声をかけると、心配は拭いきれない様子ながら、頷いて見送ってくれた。

ランディーを連れた槙はマンションを出ると、次の犬を預かりに向かった。

牧羊犬であるランディーの散歩時間は長い。

年齢を考慮して一時間半くらいで設定しているが、散歩をランディーと組む散歩の相手は小型犬か中型犬で、彼らの散歩時間は三十分から一時間だ。

効率よく回るために、まず最初にランディーを預かり、その次に別の犬を預かって散歩させて帰宅させ、次の犬を預かって…を繰り返し最後にランディーを連れて帰るというパターンが一番効率がいい。

もちろん、組むことになる他の犬との相性次第では考えなければならないこともあるが、幸い、ランディーは他の犬に突っかかって行くような様子はなく、結局どの曜日の犬とも問題なく、仲良く散歩を楽しんでくれた。

そのため、初日に提出した時間通りで今後の散歩を継続することになった。

祐輝も初日こそランディーを連れ出す時に心配そうにしていたが、三日目くらいから笑顔で送り出してくれるようになっていて、そっちも一安心だ。

散歩は順調に二週目を終えて三週目に入り、いつものようにランディーを最初に迎えに行くと、ランディーと一緒に祐輝が玄関ですでに待機していた。

「こんにちは、祐輝くん」

「こんにちは」

先週の半ばから、祐輝は槇が来たとフロントから連絡が入るとこうして玄関でランディーと一緒に待っていてくれるようになった。

「ランディーは今日も元気かな」

槇は言いながら、ハーネスをつけ簡単な健康チェックをする。その時、

「あのね、ゆーき、いく、いっしょ、さんぽ」

恐る恐る、という様子で祐輝が小さな声で言った。その言葉に槇は手を止め、

「祐輝くん、一緒に散歩に来てくれるの？」

首を傾《かし》げて確認をすると、頷いた。

とはいえ、子供の「行きたい」を実行していいかはためらわれたので、家政婦を呼び、連れて行ってもいいか確認を取る。

家政婦は、

「旦那様に許可を取った方がいいんでしょうけれど、今日はずっと会議だと伺ってますから連絡をするのは……」

と迷った様子を見せた。

「ダメ？　さんぽ」

家政婦と槇の様子から無理そうだと感じたらしい祐輝は悲しそうな顔で二人を見上げて、聞いた。

「うーんとね……」

槇がどう説明しようかと思っていると、

「私のお買い物に一緒にお連れすることもありますから、多分問題はないと思うんですけれどねぇ。坊ちゃまが何かおねだりされるなんて、珍しいですし」

家政婦がそう言った。言葉には「滅多に言わないおねだりなのでできれば叶《かな》えてやってほしい」という気持ちが透けて見えていて、結局、三十分ほど散歩に一緒に行く、ということで落ち着いた。

ランディーの散歩が終わるまでの一時間半をずっと一緒にというのは祐輝の年齢には厳しいのではないかと思えたからだ。

「じゃあ、祐輝くんを送ってきたら下から連絡しますから、エントランスまで迎えに来てもらえますか？」

祐輝が散歩の準備に部屋に戻っている間、槇は家政婦と打ち合わせる。

「分かりました。すみません、無理を言って」

「いえ、一緒に散歩できるのは楽しいですから」

槇がそう返した時、パタパタと小さな足音を立てて、支度を整えた祐輝が玄関に走って来た。

「来たね、じゃあ行こうか」

槇が言うと祐輝は頷き、一緒に散歩に出かけた。

「祐輝くんは、ランディーが逃げないようにこのリードをしっかり持っててね」

槇はそう言って、予備に持っていたリードをランディーのハーネスの金具につけ、祐輝に持たせる。

もちろん、いつものリードは槇がしっかりと握っているので、祐輝のリードには「ランディーが逃げないように」という意味は非常に薄い。

それでもなぜわざわざ予備のリードをつけてまで祐輝に持たせたかと言えば、祐輝が勝手に走りだしたりしないようにするためだ。

ランディーの散歩は他の犬と一緒で、槇の手は今は片方空いているが、次の犬が来れば両方ともふさがってしまう。

どうせその時に手を離さなくてはならないのなら、最初から祐輝に仕事としてリードを持たせておいた方がいい。

散歩の送り迎えの時の短い時間しか顔を合わせる機会はないが、その短い間でも祐輝が素直ないい子であるということは分かっていた。

思った通り祐輝は渡されたリードをしっかりと摑んでくれた。

ランディーを散歩させながら向かうのは次に預かる犬の家だ。

次の犬はキャバリアのチロで、チロの散歩時間は三十分だ。チロの散歩が終わって、チロを家に送り届け、次の犬を迎えに行く途中で槇は祐輝をマンションに送って行った。

フロントから部屋に連絡を入れてもらうと、約束通り家政婦が迎えに来た。祐輝はどこか名残《なごり》惜しそうな様子ではあったが、家政婦に「おやつを食べて待っていましょうね」と言われると、素直に帰って行った。

次に預かりに行ったのは紀州犬で、ある程度の運動量を欲するため、一時間の散歩だ。その一時間も半分は軽いジョギングの速さになる。

ランディーは高齢だが、ジョギング程度の動きなら、体力の維持には丁度いいというか、むしろウェルカムな感じで生き生きとしているように見えた。

紀州犬の散歩が終わると、丁度ランディーの散歩時間も終了で、紀州犬を送り届けてから最後にランディーを送り届ける。

玄関を開けると、そこでは祐輝がランディーの足を拭くためのタオルを持って待っててくれていた。

「ただいま、祐輝くん。タオルありがとう」

槙が言うと祐輝は嬉しそうに笑ってタオルを差し出し、槙が受け取ると、ランディーにきゅっと抱きついて、「おかえりなさい」と小さな声で言った。

その様子が本当に微笑ましくて、思わず槙の頰《ほお》が緩む。

祐輝が離れるのを待ってからランディーのハーネスを外し、足の裏を順番に拭いてやる。

「じゃあ、また明日。失礼します」

奥から見送りに出てきた家政婦に会釈をし、祐輝とランディーに軽く手を振って、槙は部屋を後にした。

その後、単独で頼まれている犬の散歩をこなし、自宅に帰って夕食の準備をしていると携帯電話が鳴った。

表示された名前は「桜庭久仁」で、ランディーに何かあったのかと思って急いで電話に出た。

「はい、柳沢です」

『桜庭です。今、時間大丈夫ですか？』

「大丈夫です。ランディーに何かありましたか？」

散歩の時は変わった様子はなかったが、高齢なので急に何かというのは考えられる話で、少し心配しながら問うと、

『いや、ランディーは元気にしているよ。今日は祐輝まで一緒に散歩に連れて行ってくれたと聞いてね。仕事以外のことをさせてすみませんでした』

「いえ、ついでと言ったら気を悪くされるかもしれませんが、ランディーも祐輝くんと一緒で楽しそうでしたし、祐輝くんはいい子で一緒に散歩のお手伝いしてくれていましたから……。こちらこそ、承諾を得ずにすみませんでした」

一応家政婦から大丈夫だと言われたものの、やはり保護者である久仁に何も聞かず勝手に連れ出したのは問題だろうと、謝った。

『いや、ある程度のことは家政婦の町田《まちだ》さんに判断してもらっているし、祐輝はとても楽し

かったようで……ありがとう』

　そう言われて安堵する。

「いえ、お礼を言われるようなことは。……あの、もし今後また祐輝くんが散歩を一緒にとおっしゃった場合、お連れしても構わないでしょうか？　三十分程度で先に戻ってもらうようにしますが」

『祐輝が一緒だと、仕事の邪魔にはなりませんか？』

「大丈夫です。ランディーが一緒ですし」

『では、もし祐輝がねだったら、頼めますか』

「はい。よろこんで」

『ありがとう。では、また明日、お願いします』

「いえ、こちらこそお願いします」

　そう言って、電話を終える。

　電話を終えた後、なぜか妙に嬉しくなっている自分に槙は気付いた。

　祐輝の可愛さや、ランディーとの微笑ましい様子を思い出したこともあるし、久仁のイケメンっぷりを思い出したからでもある。

「イケメン効果ってすげぇ……」

　槙は気楽に呟いて携帯電話をしまうと、夕食の準備に戻る。

久仁はイケメンで金持ちで、祐輝は可愛らしくていい子だが、なぜか桜庭家からは『妻』や『母』という存在の匂いがしない。

共働きで忙しい女性だから家政婦を雇っているのかもしれないが、最初の契約時に通されたリビングなどの様子を見ても、女性が好みそうな内装の部屋ではなかったと思う。

もっとも、インテリアなどに興味のない女性なのかもしれないが。

「……ま、いっか。家庭の事情はそれぞれあるし」

そう、いろいろある。

槇にしても、育ってきた家庭環境については多少思うところがある。

思うところがあるからこそ、できる限り実家とは没交渉でいることを目指しているのだ。

だから、あまり人の家のことは詮索しないように、と思う。

もちろん、関わる犬に何か異変があれば必要な範囲で聞いたりはするが、今のところランディーには何の問題も起きていない。

——あくまでも、ランディーの散歩のお仕事。その散歩に祐輝くんがついてきたがったってだけのこと。

深入りはしない、と槇は自分に言い聞かせた。

◇◆◇

祐輝はそれから二度、散歩についてきたいと言い、一緒に行った。

本当はほぼ毎回、ついてきたそうだったのだが、家庭教師が来ている日があり、その日は家政婦の町田によって断念させられていた。

その日は、雨だった。

雨が降ると散歩をキャンセルしてくる家が多い。

雨の日は、濡《ぬ》れるのはもちろんのこと泥ハネなどで汚れることも多い。もちろん、散歩の終わりに槇がある程度は拭いて帰らせるのだが、汚れをすべてというのは難しいので、雨の日は散歩に行かない、という飼い主がほとんどだ。

もちろん、最初の契約時に雨天時の散歩についても聞いているので、キャンセルが入っても特に思うことはない。

ただ、ランディーは、よっぽどじゃない限りはとりあえず散歩に連れて行くことを頼まれているので――もっとも、雨で受ける様々な不利益と、散歩に行けないことで生じるストレスのバランスを見て、それから考えるという形なのだが――、この日も散歩だった。

祐輝は家庭教師の来ている日で、見送りの時だけ玄関まで来てくれていた。

そしてランディーの散歩に出たのだが、ランディーにも一応レインコートを着せ、できるだけ未舗装の場所は通らないようにしたものの、はねかえりの水はどうしようもない上、ランディーは長毛種だ。

雨が酷くなってきたこともあって、散歩が終わる時にはランディーの足からお腹《なか》にかけてはぐっしょりだった。

マンションのエントランスに入る前に、持参のタオルで拭いたのだが、滴《したた》るほどに濡れた毛は少し拭った程度では「雫《しずく》が垂れない」程度でしかない。

桜庭家の玄関まで送ってきたものの、部屋に上がらせるのはためらわれる状態だったので、何枚かランディー用のタオルを持ってきてもらってしっかりと拭う。

その様子を祐輝は靴を履く時にいつも座っているのだろう段差に腰を下ろしてじっと見ていた。

「あの、まだしばらくかかります?」

玄関で作業を続けていると、申し訳なさそうに町田が聞いた。

「そうですね…できればこの後乾かしてあげたいので」

寒さにはある程度対応できる犬種だが、年齢的なことを考えるとドライヤーもそれなりにストレスになるとは言え、自然乾燥を待つよりも急いで乾かした方がいい。そう判断して答えると、町田は小さくため息をついた。

「どうしましょう…、実は今日、この後病院に行かなきゃならなくて」

「あ……、どこかお悪いんですか？」

「いえ、私は大丈夫なんですけれど、娘の嫁ぎ先のお姑《しゅうとめ》さんがね…。食事の介助が必要で、いつもは娘が行ってるんだけど、今日は都合がつかなくて」

どうやら夕食の時間が差し迫っているらしい。

「そうなんですか……」

とは言ったものの、ランディーをこのまま置いていくのは気が咎《とが》めて、槙は少し考えた後、

「あの、桜庭さんに連絡を取って、僕が町田さんよりも後にここを出ることになることを伝えてもらえませんか？　ランディーをこのままにして帰るわけにもいかないし、町田さんは大事な予定がありますし」

そう聞いてみた。それに、町田はすぐに久仁に連絡を取ってくれた。

久仁がダメだと言えばランディーは諦めて帰るしかない。

もちろん、室内は暖かいので、すぐに乾くとは思うが、中途半端で帰ることに槙が納得できないだけだ。

幸い久仁は了承してくれ、町田は安堵しつつ先に帰っていった。槙はランディーの体を丁寧に拭いてから、やっと部屋に上がった。

「祐輝くん、ドライヤーどこかわかる？　髪の毛を乾かす機械」

槙が問うと、こっち！　と先導して歩き出し、到着したのは洗面所だった。

「あそこ。グリーンボックス」

祐輝が指差したのはタオルなどが入れられた棚にある緑色の籠《かご》だった。それを取りだすとドライヤーが入っていた。

それで槙はランディーを乾かしていく。

ランディーはドライヤーの音に少し嫌そうな様子を見せたが暴れることもなくされるがままだ。

「ランディー、いい子だね」

槙が声をかけると、祐輝も、

「ランディー、いいこ」

そう言ってランディーの頭を撫でる。

しっかりと玄関で水気を取ったこともあり、ドライヤーの時間は短くて済んだ。

「祐輝くん、もうランディー乾いたよ」

「むこうのおへや、いく？　いい？」

「うん。僕はドライヤーを片付けてから行くね」

槙が答えると祐輝はランディーと一緒に洗面所を出た。

使ったドライヤーを片付け、ランディーの体を拭いたバスタオルをまとめておいてから槙はリビングへと向かった。

リビングに入ると、祐輝が床にペタンと座り、ランディーにぎゅっと抱きついていた。

「祐輝くん、どうかしたの？」

槇がそう聞いた時、リビングの大きな窓の外がピカッと光り、ややしてから雷鳴が響いた。

その音に祐輝はまたランディーにギュッとしがみつく。

「あ…雷、怖い？」

槇が声をかけると、祐輝はこくりと頷いた。

ドライヤーを片付けている途中で雷の音は聞こえていたが、槇は雷が怖いというわけではないので特に気にも留めなかったが、祐輝の年齢なら怖くて当たり前だろう。

槇の用事は終わったのだが、この状況で祐輝を一人にして帰るというのは気が咎める。

「祐輝くん、パパ、何時ごろ帰ってくるか分かる？」

祐輝が一人になると分かっているのだから、そう遅くはならないはずだ。槇が問うと、祐輝はランディーから離れ、飾り棚にあった置時計を手に戻ってきて、数字の7の部分を指差した。

「みじかいぼう、ここになったら」

「七時か……」

今はまだ五時半だ。一時間半一人というのは厳しいだろう、と思った時、また窓の外が光って雷鳴が響き、祐輝が体を竦《すく》ませた。

「じゃあ、パパが帰ってくるまで、僕も祐輝くんと一緒にいるね。そうしたら、雷怖いの少し大丈夫?」

槇が言うと、祐輝は嬉しそうに頷いた。

その後、槇は祐輝と一緒にテレビを見たり、絵本を読んだりして久仁が戻るのを待った。

久仁が帰って来たのは、祐輝が話したよりも三十分ほど早い時間だった。

「パパ、かえってきた」

玄関のドアが開いた音に祐輝がソファーから立ち上がり、玄関へと向かう。それを追ってランディーも玄関に向かい、槇は読んでいた絵本を閉じ、自分のカバンを持つと玄関に向かった。

槇が玄関に到着すると、祐輝が久仁に抱きついて「おかえりなさい」と言っているところだった。

「桜庭さん、お帰りなさい。お邪魔してます」

「柳沢さん、すみません、こんな時間まで……」

玄関に置いたままの靴でまだ槇がいることは分かっていたらしく、久仁は驚く様子もなくそう言った。

「いえ、雷が酷かったので……」

「ゴロゴロってなったの。ゆーき、こわい、それでいっしょ、いてくれたの」

祐輝が一生懸命、説明する。

「そうだったんですか、すみません。私も途中で雷に気づいて、できるだけ早く帰ってきたんですが」

「祐輝くんが教えてくれたよりも早いお帰りですよね」

槙がそう返すと、久仁は笑いながら祐輝の頭を撫でた。

「パパの帰る時間、よく覚えてたな」

「みじかいぼう、セブン」

祐輝が少し自慢げに言うのに、久仁は祐輝の頭を撫でた。

「町田さんが帰った後、できるだけ祐輝が一人になる時間を短くするようにはしているんですけど、なかなか難しくてね」

「お仕事、お忙しいでしょうから」

槙はとりあえずそう言うにとどめる。

祐輝の口から「ママ」という単語を聞いたこともないし、詮索するつもりもなかったがさっき入った洗面所も女性が使いそうなものは何もなかった。

そして久仁の言葉から考えると、祐輝の母親にあたる存在は、一緒に住んではいない様子が察せられた。

とはいえ、そこはよその家庭の事情でそれ以上立ち入るのも詮索するのもいけないだろう。

「祐輝くん、パパが帰ってきてよかったね」

槇が軽く膝を折って声をかけると、祐輝はうん、と頷いた。

それに笑いかけると、

「じゃあ、そろそろ僕は帰るね」

槇はそう言って祐輝の頭を軽く撫でてから、久仁を見た。

「では、また明日」

「本当に遅くまですみませんでした。ありがとうございます」

久仁の言葉に軽く頭を下げてから、靴を履き桜庭家を後にした。


雨は、翌日も続いた。

今日の散歩は軒並みキャンセルで、客はランディーだけだった。

また昨日のように帰宅してからのケアに時間がかかるので、槇は少し早めにランディーを迎えに行った。

いつものように玄関にはすでに祐輝とランディーが待機していて、やや して から町田が顔を見せた。

「昨日はすみませんでしたねぇ」

「いえ。病院、間に合いましたか？」

「ええ、おかげさまで」

にこにこして言った後、

「坊ちゃまが、今日もお散歩に一緒に行きたいみたいなんですけれど、構いませんか？」

そう続けた。

「大丈夫です」

槇の返事に町田は祐輝を見た。

「よかったですね、坊ちゃま。じゃあ、お出かけの準備をしましょうか」

町田の言葉に祐輝は頷くと、いつものように準備をしにいったん戻る。その間に槇はランディーの準備をした。

おでかけの準備をして戻って来た祐輝は、今日はさらにレインコートを着せられて、靴も長靴だ。

「じゃあ、行こうか」

傘とリードを同じ側の手で持てば片手が空くので、今日は予備のリードをつけずに祐輝と手をつないだ。

小さな手がギュッと自分の手を摑んでくるのがとても可愛くて、胸の奥が少し温かくなる。

散歩をしていると、反対側の道を幼稚園の帰りらしい子供たちが母親と一緒に歩いているのが見えた。

——あれ、幼稚園って、今帰りなんだ……。

だが、祐輝がここにいるということは、祐輝とは違う園なのだろう。

「祐輝くんは、幼稚園ではお友達と仲良くしてる？」

槇が問うと、祐輝は頭を横に振った。

「仲良くしてないの？」

そう重ねて聞くと、

「ゆーき、ようちえん、いかない」

そう返してきた。

「あ…そうなんだ」

「こがねいせんせい、おしえてる。べんきょう。きのう、たしざんしたの」

「足し算のお勉強してるんだ。凄いね」

槇はそう返しながら、家庭教師が来ているのはお受験対策というか、英才教育的なものだと思っていたのだが、違うようだと認識した。

幼稚園に行かない代わりに家庭教師をつけているのだろう。

「お勉強楽しい？」

「むずかしいのある。でも、こがねいせんせい、おしえてくれる」

「そうなんだ」

その後、どう続ければいいのか分からなくて槙は少しの間、黙する。

「あ、小金井《こがねい》先生に習うのはお勉強だけ？　お遊びはならわないの？」

「おあそび？」

「おりがみとか、うたとか……」

「おうた、うたうよ。ももたろう、うたった」

その後、二人でいろんな歌を歌いながら散歩を続け、今日は少し長めに、一時間ほど一緒に散歩した後、先に祐輝を送ると、残りの三十分は一人で、少し走ったりしながらランディーの散歩を続けた。

散歩を終えて戻り、昨日と同じく玄関でランディーのケアをしっかりしていると、急に背後の玄関ドアが開いた。

「あ…お帰りなさい」

振り返ったそこにいたのは久仁だった。

「パパ！」

やはり玄関にいてランディーがされるがままに拭かれている様子を見ていた祐輝が嬉しそうに声をあげた。

「ああ、ただいま。雨なのにすまないね、おつかれさま」

その久仁の声を聞きつけ、奥から町田が顔を見せる。

「あらあら、旦那様。もうお帰りですか？」

「そう、予定が変更になったからね。定時より少し早めに会社を出た」

「そうでございましたか。じゃあ、お夕食、早めにお召し上がりになります？　もう準備は整っておりますけれど」

「いや、いつもの時間にするよ。町田さん、もうお仕事が終わってるなら、早く上がってくれていいよ。いつも残業をしてもらいがちになっているから」

久仁のその言葉に町田は少し笑った。

「じゃあ、キッチンをきちんと片付けてから、お言葉に甘えさせていただきます」

そう言い、町田は奥に下がる。

「柳沢さんはこの後、予定は？」

ランディーのケアに戻っていた槙に、久仁が聞いた。

「いえ、何も。今日はもう家に帰るだけです」

「だったら、後でお茶でもどうですか？　雨だったから少し温まって帰って下さい」

その言葉に槙は一瞬迷ったが、

「ありがとうございます。ランディーの毛を乾かしたら、お伺いします」

そう返事をした。

「手間をかけてすまないね」

久仁はそう言うと恐らく着替えのために奥の部屋に向かった。

槇はその後、昨日と同じようにドライヤーでランディーを乾かした後、洗面所まで迎えに来た祐輝と一緒にリビングに向かった。

町田は既に帰った後で、リビングの奥に見えるキッチンには久仁しかいなかった。

「コーヒーでいいかな」

キッチンから久仁が聞いてくる。

「はい。すみません」

「謝られる程の凄いものは出せないんだけどね。インスタントだし」

笑って久仁は言った後、座って待っていて、と付け足した。

言われたとおりソファーに向かうと、ランディーと祐輝はすでに定位置に座していた。

それからすぐに久仁がコーヒーを二つと、ココアを一つ淹《い》れてもどってきた。もちろん、ココアは祐輝のもので、可愛らしいマグカップに入れられていた。

コーヒーを飲みながらの会話は、当たり前かもしれないがランディーのことが中心だった。

「聞いている年齢の割に足腰もしっかりしていますし、いい子なので、楽といってはいけないんですけど、問題なく散歩をさせてもらってます」

「そう言ってもらえると、ほっとしますね。大きいというだけで、怖がられることもあるから。迷惑をかけているとすると、今日みたいな雨の日の散歩の後かな。濡れたモップみたいになってしまうから」

久仁はそう言って苦笑する。どうやら、彼自身、雨の日でもきちんと散歩をするタイプらしい。

「でも、コリーやシェルティなんかは、この綺麗な被毛が魅力ですからね。保つためには手間もかかると思いますけれど、ブラッシングも毎日丁寧にされてますよね？」

「最近は、柳沢さんが散歩の終わりにして下さっているから簡単に、ですけれど…以前はね。そうじゃないとすぐに家中が毛だらけになるし」

必要に迫られてのことだと言外に含めているが、実際には人の手を借りてなのかどうかまでは分からないが、これまでも丁寧にされてきたということは分かる。

長毛種は放っておくとすぐに足の付け根などのよく動く部分の毛が絡まってフェルト状になってしまうが、初めて散歩をさせてもらった時からランディーにはそれがなかった。

「シャンプーなどはどうなさってますか？」

ついでに、気になっていたことを聞いてみることにした。

「専門の店に行って、というのは、少なくともこの一年は行けてなくて。年齢と犬種で断られることが多いもので。なので私が家で。最後は恥ずかしい話ですが、三カ月ほど前です。

それ以外は温めた濡れタオルで拭くくらいで」

高齢の犬や大型の犬を断るサロンは、時々ある。請け負ってくれるサロンもちゃんとあるのだが、どうやらそういうサロンに行きあたらなかったようだ。

「いえ、ランディーの年齢を考えれば、シャンプーは体力を使うので頻繁じゃなくていいと思います。体調を見ながら、一カ月に一回くらいでしょうか。今は冬ですし、匂いも気になりませんから、桜庭さんのケアで充分だと思います。ただ、この二日、雨の中の散歩でしたから、舗装路だけを通りましたけれど、気にされるのであれば、シャンプーをした方がいいかもしれないと思って」

「ああ、そうですね。……いつできるかな……」

そう言ってカレンダーを見た久仁に、

「あの、僕でよければ……」

槇が申し出る。

「え？」

「一応、僕の本業はトリマーなので……。ただ、大型犬を入れるバスタブがないので、こちらに伺ってということになりますけれど」

以前渡した名刺にも、ちゃんと「トリマー」と書いていたが、ほとんどの飼い主には散歩の代行としか認識してもらえていない。

恐らく久仁もそうだったのだろうが、どうやらうっすらと記憶にはあったようだ。

「ああ、そうでしたね。出張シャンプー、カットも請け負いますって、確か名刺に……」

「はい。なので、桜庭さんさえよければ」

「じゃあ、お願いしようかな。柳沢さんの都合のいい時に」

「わかりました。予定を確認してから、またご連絡しますね」

槙がそう言った時、ココアを飲んでいた祐輝がカップをテーブルの上に置くとソファーから下り、久仁に歩み寄って、

「パパ、テレビ、いい？」

首を傾げて聞く。

「ん？　ああ、アニメの時間か」

時計を確認して久仁が言うと、祐輝は頷いた。

「いいよ、見ておいで。ちゃんとテレビ用の椅子《いす》に座って見るんだぞ」

「うん」

頷くと祐輝はソファーセットから離れ、テレビの置いてある方に移動した。一メートルほど離れた所に子供用の小さな椅子が置いてあり、祐輝はそこに座るとテレビのリモコンを操作した。

「お気に入りのアニメの時間でね。録画もしてあるのに、リアルタイムで見て、後は好きな

時に繰り返し再生して見てます」

苦笑しながらも、可愛くて仕方がないという様子で久仁は言う。

「祐輝くんは、とてもいい子ですね。歌も上手で……、今日、一緒に散歩に行ったんですけれど、家庭教師の先生に習った歌をいろいろ歌ってくれました」

槇が言うと、久仁は、

「何の歌でしたか？」

そう聞いてきた。

「ももたろうと、うらしまたろうと……アイアイだったと思います」

「日本語の歌ばっかり？」

「……ええ、そうです」

問いの意味が分からなかったが、日本語の歌しか歌っていないので、槇はその通り返事をする。

「ああ、変な質問だと思ったでしょう？」

槇の心中を見透かしたように久仁は言った。

「変、というか……不思議なことを聞かれたな、とは」

それを変というのだと言われたらそれまでだが、「変」という言葉に含まれるネガティブなイメージはなかった。

「祐輝は、アメリカで生まれ育ったんです。半年前に帰国、と言っていいのかな。日本に来た当初は日本語がほとんどできなくてね。いくつかの幼稚園や保育園に、体験通園で連れて行ったんだけど、言葉が分からない上、習慣も何もかも違う中でどこでも一人ぼっちになってね。もともと引っ込み思案で人見知りなところもあったから、行くこと自体がストレスになったみたいで……。なので、町田さんに見てもらいながら、週に三回、家庭教師に来てもらって、基本的な日本語の勉強や、身につけておくべき知識とか、そういうのをお願いしてるんです」

それは、思ってもいない話だった。

幼稚園や保育園に通っていない理由はいろいろ考えたが、まさか帰国子女で馴染めなかったとは思わなかった。

「あ…、じゃあもしかしたら、日本語より英語の方が得意なんですか？　祐輝くん」

「ええ。できるだけ日本語で会話するようにしてるんですけれど、英会話のスキルは、あれば将来的に絶対に有利なので完全に排除するのは考えものですし、かといって日本語での会話に不自由するような状態というのもね……。なかなか悩ましいです」

苦笑する久仁に、

「僕は英語が全然ダメなので、祐輝くんが羨《うらや》ましいです」

そう返して祐輝を見ると、祐輝は始まったアニメに夢中だった。だが、その音声は聞こえる限りは英語で――恐らく副音声で見ているのだろう――改めて驚く。

――ん？　祐輝くんが半年前に帰国ってことは、桜庭さんもアメリカにいたってことだよね？

そう思ったのだが、会社自体は長く続いている様子で、疑問が頭に浮かんだが、それこそ家庭の事情の範疇《はんちゅう》で、槙はそれ以上詮索するのをやめた。

3

「……あ、今週、キャンセルですか…。分かりました。来週は……。そうですね、ではまたご連絡ください」

槙はそう言って通話を切った後、携帯電話をじっと見た。

「最近、キャンセル多いな……」

呟いて、ため息をつくと手帳を開いて入れていた予定にバツをつける。

ここ数日で、キャンセルが三件あった。

散歩の依頼は、この日だけお願いします、というものもあるが、基本的には一カ月ごとか、一週ごとの更新だ。

一週ごとの更新になると生活が安定しないのだが、依頼する側から見れば結果的に一カ月単位での契約と変わらなくとも、出費のコントロールがしやすいので、週ごとの更新の飼い主が多い。

キャンセルがあったのは週ごとの更新の飼い主ばかりだ。

――最近、寒さが厳しいからそれでかな。

小型犬の場合は、寒すぎたりする時はあまり外に出さない方がいいこともある。今日キャンセルになったのは、ミニチュアダックスだった。だが、昨日、キャンセルがあったのはゴールデンレトリバーだったので、寒さが理由ではないだろう。

「……ごちゃごちゃ考えても仕方ないな」

気持ちを切り替えて、槇は時計を見る。

ランディーの散歩の時間が近づいていた。

桜庭家に通い始めて一カ月が過ぎ、とりあえず散歩内容などには満足をしてもらえているらしく、今月の更新が決まった。

先週は頼まれていたランディーのシャンプーも済ませて——毛艶《けづや》が違う、と随分褒めてもらった。

大型の長毛種なので、乾かすのは季節的なこともあって大変だったが、祐輝が拭くのを手伝ってくれたりした。

ランディーは大好きな祐輝に世話をされてご機嫌で、祐輝も自分が何かできる、というのが嬉しいらしく、楽しそうだった。

本当にいいコンビだと思う。

——子供が生まれたら犬を飼いなさいって言葉があったな……。

昔、何かで聞いた言葉をふっと思い出した。

確かに祐輝とランディーの様子を見ていると、その言葉も納得できる。

もちろん、納得できない関係性もよく見るが、祐輝たちは本当にうまくいっていると思う。

「そろそろ行くか……」

少し早いが、マンションまでのルートはいろいろある。裏道を探索しながら行けば、いい時間だろう。

槙はキャンセルのことは一旦考えないことにして、出かける準備を整えた。


「おかえりなさい」

ランディーの散歩を終えて戻ってくると、祐輝が笑顔で出迎えてくれた。

今日は家庭教師の日で、祐輝は散歩には行かず、お留守番だった。

「ただいま、祐輝くん。お勉強、頑張ったかな？」

槙が聞くと、うん、と頷いて、ランディーの足を拭くタオルを差し出してくれる。それにお礼を言って受け取り、ランディーの足を綺麗に拭いて、家に上がらせる。

「やなぎさわさん、おちゃ、なに？」

「コーヒーをお願いします」

「ＯＫ」

祐輝は笑顔で言うと、コーヒー、コーヒーと繰り返しながら奥へと向かう。槙はハーネスやリードを片付けた後、洗面台を借りて手を洗い、リビングに向かった。

この一カ月で祐輝はすっかり槙に懐いてくれて、ランディーの散歩の仕事が最後になる日は一緒にお茶を飲むことが習慣のようになっていた。

最初のうちは断っていたのだが、何度目かの時に、

『旦那様も、御迷惑でなければお茶を召し上がっていただくようにとおっしゃってましたので』

と町田に言われて、それからお茶を飲んで帰るようになった。

「それでね、オリガミで、これおったの」

祐輝は家庭教師と今日折った、折り紙の作品を槙に見せた。

「わあ、凄いね、鶴《つる》だね」

「うん。こっち、しっぽひっぱると、パタパタ」

祐輝はもう一つの方を指さし、自分の両手を羽ばたかせるような仕草をする。それで言われたとおりに尻尾《しっぽ》を引っ張ってみると、鶴の羽根がパタパタと動いた。

「ほんとだ、羽ばたくんだね」

「あげる。Present」

祐輝は笑顔で言った。

「いいの？　お父さんには？」

「パパ、あとでつくる」

「じゃあ、遠慮なく。ありがとう」

くれた折り紙を丁寧に手帳に挟んでしまう。その様子をキッチンカウンターから見ていた町田が、

「坊ちゃま、柳沢さんにおっしゃることがあるんじゃありませんか？」

そう促した。

それに祐輝は、ハッとした顔になり、

「やなぎさわさん、あのね」

「どうしたの？」

「ごはん、たべるの。いっしょ」

「え……？」

「パパ、やなぎさわさん、ＯＫする、いいって」

説明する祐輝に、

「坊ちゃまが、柳沢さんと一緒に夕食をとおっしゃって、旦那様が柳沢さんの都合のいい日をお伺いするようにと」

町田が言葉を添える。

「あ…いいんでしょうか？」

「はい。いつも二人きりでのお食事ですから、どなたかいらっしゃったら楽しいだろうと」

町田が無理をして言っている様子でもないので、槙は誘いに応じることにした。

「では、明後日《あさって》で構いませんか？」

「ええ。今週は旦那様は定時でお戻りの予定ですから」

そう言った後、町田は苦手な食べ物やアレルギーはないかなど聞いてきた。

特に苦手なものはないし、アレルギーもないと答えると、

「では、お好きなものは？」

「好きなもの、ですか……」

ここで少し考えてしまったのは、リクエストするのは厚かましくないだろうかと思ってしまったからだ。

「若い方だと洋食の方がお好みかしら？」

町田はニコニコしながら聞き添えてくる。

「ゆーき、ハンバーグすき。チーズの入ってるハンバーグ」

槙が答えやすいように配慮というわけではなかっただろうが、祐輝が自分のすきなものを告げた。

「あ、じゃあチーズの入ったハンバーグをお願いします」

槙はそのまま祐輝のリクエストに乗っかることにした。

「あら、いいんですか？」

「はい。祐輝くんの顔を見てると、とてもおいしそうなので」

実際、本当に祐輝はそれが目の前に出された時のように嬉しそうに言っていたので、間違いはないだろう。

「では、そういたしますね」

町田は笑顔で言って、キッチンに下がると夕食の支度の続きを始めた。

槇はそれから少しして家に戻って来たのだが、本当に誘いを受けて良かったのかなと思い始めた。

町田からも言われたので、実際に久仁も了承しているのだとは思うが、いろいろと考えてしまう。

――一応、桜庭さんに、ご招待ありがとうございます、みたいなことを直接電話した方がいいよね？

挨拶はしないよりは、したほうがいい。

槇は自分に言い聞かせるように胸の内で繰り返すと、携帯電話を取り出し、久仁に電話をかける。

少しの間、呼び出し音が聞こえて、

『はい、桜庭です』

久仁が出た。

「こんばんは、柳沢です」

『こんばんは、いつもお世話になってます』

いつも通りの挨拶の後、槙はすぐに切り出した。

「今日、祐輝くんから夕食にご招待をいただいたんですが……」

『ああ、聞いてますよ。明後日ですよね』

「はい…」

『祐輝のリクエストを優先してもらったようで、すみません』

食事のことを言っているのだとすぐに分かった。

「いえ、とてもおいしそうにおっしゃったので……」

槙が言うと、電話の向こうで桜庭が笑った。

『ええ、本当においしいんですよ。私も大好きなメニューです。もっとも、町田さんのお料理はなんでもおいしいんだけれどね』

決してお世辞ではないだろうと思える声だった。

「そうなんですね。お伺いするのがとても楽しみです」

『私も楽しみにしています』

その言葉が妙に耳に残った気がしたが、

『では、明後日、お待ちしてます』

久仁がそう言葉を続けて、槇も、よろしくお願いします、と返し電話を切る。

電話を切った後も、久仁の『楽しみにしています』という声がこだましているような気がした。

「イケメンは声まで格好いい。格好いい声で格好いいこと言うとか、威力ありすぎ」

そんなことを呟きながらも、なぜか気分がいい自分に槇は気付いていた。

◇◆◇

食事の約束をした日、槇はランディーの散歩の後、もう一件の仕事をこなし、一度家に帰って着替えてから再び桜庭家を訪れた。

玄関ドアが開くと、

「やなぎさわさん、いらっしゃいませ」

玄関で待機していた祐輝が笑顔で大歓迎といった様子で迎えてくれる。

「こんばんは、祐輝くん」

槇がそう挨拶をすると、奥から久仁が顔を見せた。

「こんばんは、わざわざすまないね」

「こちらこそお招きいただきまして。これ、つまらないものですが」

槇は来る時に買ってきた小さいペーパーバッグを差し出した。

「ごめんね、気を使わせたね」

「いえ。ここからだと少し離れちゃうんですけど、別のお宅の散歩のルートにある焼き菓子専門店のお菓子なんです。好きで時々買うんですけど、今日も通ったので……」

こういう時にどういうやりとりをしていいのか分からなくて、槇は混乱する。

「おかし？」

その槇を助けてくれたのは、「お菓子」というキーワードに敏感に反応した祐輝だった。

「うん、明日のおやつに食べてね」

槇がそう言うと、祐輝はうん、と頷く。

その後すぐに上がるように促され、槇は何時間かぶりの桜庭家にお邪魔した。

用意されていた料理は祐輝のリクエスト通りにチーズの入ったハンバーグで、それ以外にもスープとサラダがきちんと添えられていた。

「本当においしいですね…、祐輝くんが顔をキラキラさせて言った意味が分かりました」

ハンバーグを一口食べて、槇はそのおいしさに目を瞠《みは》りながら言った。

柔らかく、肉汁がたっぷりで、それなのにしつこさがない。

「温め直しでもこの味だからね。できたてならもっとだと思うよ」

笑いながら、久仁が言った。

町田が帰るのが五時半だと以前聞いていた。

槙が来たのは、桜庭家の夕食時間である七時の少し前だ。町田が帰る前に準備をした料理はどう考えても冷めてしまい、レンジで温め直しているものを食べているのだろう。もちろん今日もそうだった。

温め直しの料理はできたてよりも味が落ちるものが多いと言われるが、もしそうだとしてこの味なら本当にできたてはどれほどなんだろうと思わせられる。

「まちださんのおりょうり、だいすき」

笑顔で言う祐輝の足元では大人しくランディーが控えている。

人間のたべものを欲しがることもなく、本当に躾《しつけ》がしっかりされているなと改めて思った。

食事は、普段のランディーの散歩の様子や、一緒に出かけることも増えた祐輝と見つけたこの辺りのいろいろな街の様子などについて話しながら和やかに進んだ。

料理と一緒に出されたワインを飲みながらだったことや、久仁も家モードになっているらしく、口調はいつもよりも砕けたものになっていたのもあり、槙もいつもよりたくさん話した。

食事の後、祐輝が持ってきたトランプで神経衰弱を二回したところで、久仁が祐輝に風呂に入るように促した。

それを機に槇は帰ろうとしたのだが、

「やなぎさわさん、おふろいっしょ、はいる」

祐輝は当然のように言った。

「え？」

まさかの展開に槇が戸惑っていると、

「ダメだよ、祐輝。柳沢さんはそろそろおうちに帰らないといけない時間だから」

すぐに久仁がそう言ってくれたのだが、祐輝は即座に頭を横に振った。

「いや。おふろ、いっしょ！」

「祐輝、我儘《わがまま》を言わない」

「や！　いっしょなの！」

「祐輝」

少し強めに久仁が祐輝の名前を呼ぶと、祐輝は眉根を寄せて、その目に見る間に涙を浮かべる。ランディーも心なしか心配そうに祐輝を見ているように感じた。

「ゆ…ゆうきくん、あのね」

このまま泣き出してしまいそうな祐輝に槇は口を開いた。

「僕は、着替えを持ってきてないから、お風呂は一緒に入れないんだよ。ごめんね」

「……いっしょ…が、いい…」

入れない理由は理解したのか、トーンダウンしたが、しかし、諦めきれない様子だ。

「……じゃあ、一緒に入れないけど、体を洗ったりするのお手伝いしようか？　ランディーを洗う時みたいに」

槙が妥協案を切りだすと、祐輝はぱあっと表情を明るくした。それに対して久仁の表情は微妙なものになる。

「でも、パパがいいって言ったらね」

槙が付け足すと、祐輝はおそるおそるといった様子で久仁を見上げる。

「パパ、やなぎさわさん、おふろ、おてつだい、いい？」

「仕方がないな。…すみません、お願いします」

久仁はそう言って槙を見る。槙は頷いた後、唇だけで「すみません」と謝った。

祐輝に泣かれたくなくて、勝手に妥協案を出してしまったが、久仁の子育てのルールに触ってしまったかもしれないからだ。

それに久仁は頭を横に振ると、

「じゃあ、祐輝。いつもみたいに着替えのセットを準備しておいで」

祐輝に告げる。祐輝は元気に頷くとリビングを出てパジャマなどを取りに向かう。

「……すみません、勝手なことを言って」

祐輝がいなくなったので、改めて口に出して謝ると、久仁は笑ってさっきのように頭を横に振った。

「いえ、あれで祐輝は結構頑固なので言い出したら聞かなくてね。むしろ助かったという方がいいな。柳沢さんこそ、時間はいいんですか？」

「はい。帰ったら、それこそお風呂に入って眠るだけなので」

槇が言うと、

「じゃあ、次は着替えを持参で来て下さい」

笑って久仁が返してきて、それに笑い返した時、祐輝がパジャマなどの着替えを両手で抱えるようにしてリビングに戻って来た。

「ちゃんと持ってきたか？」

「もってきた。パジャマ、ぱんつ！」

祐輝は持ってきたものをそれぞれ久仁に見せる。

「ちゃんと全部揃ってるな、えらい、えらい」

久仁は祐輝の頭を撫でる。

「じゃあ、柳沢さんと一緒に行っておいで」

それに祐輝は頷いて、槇を見上げた。

「祐輝くん、お風呂行こうか」

「うん！」

笑顔の祐輝と一緒に、槇はバスルームに向かった。後ろからは当然のようにランディーがついて来たが、いつもそうしているのか、洗面所に着くと、洗濯機の前に腰を下ろしてバスルームにまでは入って来なかった。

風呂では、槇はずっと洗い場にいて、祐輝がバスタブでおぼれたりしないか気をつけて見ながら、話をしたり、あとはリビングで言った通り、髪を洗ったり、体を洗ったりするのを手伝った。

お風呂から上がるとバスタオルで体を拭いてやり、着替えをさせてドライヤーで髪を乾かしたところで、待機していたランディーが立ち上がった。

「じゃあ、お部屋に戻ろうか」

手をつないでリビングに戻ると、久仁は祐輝がいつも風呂上がりに飲んでいるらしいジュースを用意していた。

「お疲れ様。ありがとうございます」

久仁は言いながら、祐輝にジュースのコップを手渡す。

「いえ、大したことはしてません。祐輝くん、大体何でも自分でできますし」

実際、祐輝は髪も体も一人で洗えたので、槇は洗い残しや流し残しがないか見て仕上げをするくらいのことしかしていない。

「じゃあ、今日はいい子でお風呂に入れたんだな」

笑って久仁が言うと、

「いいこ、ゆーき、いつも」

可愛らしく祐輝は主張する。

「そうだな、祐輝はいつもいい子だな。時々ブラック祐輝が出るだけで」

久仁は祐輝の頭を撫でると、空になったコップを受け取り、

「歯磨きしに行くぞ。……すみません、柳沢さん、もう少し待っててください」

そう言うと、祐輝を連れて再び洗面所に向かう。

槇がとりあえずソファーに腰を下ろして待っていると、五分ほどして祐輝と久仁が戻って来た。

「やなぎさわさん、もういっかい、トランプ！」

戻ってくるなり祐輝はそうおねだりしてくる。

「トランプ？　まだ寝なくていい時間なの？」

時計を見ると九時前だった。そろそろ子供はお休みタイムだろうと思って聞いたのだが、

「もういっかいのあと、ねるの」

そう主張してきた。引き受けていいものかどうかと思いつつ久仁を見ると、唇の動きだけ

で「ごめんね」と伝えてきた。

「じゃあ、もう一回だけしようか。何して遊ぶ？」

槇が言うと、祐輝はとても嬉しそうに笑った。

「えっとね…、しちならべ」

「わかった。じゃあ、やろうか」

槇は一度しまわれていたトランプを手に取ると、シャッフルを始める。そしてまた三人でトランプを始めたのだが、やはり祐輝にとっては多少遅い時間らしく、ゲームの中盤で船をこぎ始めた。

一度は久仁が声をかけ目を覚ましたのだが、一度やって来た眠気はそんな簡単に去るものではなく、すぐにまた祐輝はうとうとしだした。

その時、久仁は声をかけず、槇にも唇の前に指を立てて「静かに」とジェスチャーで伝えてくる。

どうやら、完全に寝入るのを待つ作戦のようだ。

それから十分ほどしてから、久仁は祐輝を抱きあげた。抱きあげられた祐輝はぐっすりで、起きる様子もない。

「ベッドに寝かせてくる」

小声で言って、久仁がリビングを後にする。その後をランディーが追って行った。そして

再び久仁が戻ってきた時、ランディーは一緒ではなかった。

「ランディーは、祐輝くんと一緒ですか？」

「ああ。祐輝のベッドの横で寝てるよ」

「本当に仲がいいですね」

微笑ましくて、つい笑みが浮かんだ。

「ランディーのおかげで、いろいろ助かってるよ。……柳沢さん、まだもう少し時間、構いませんか？」

そう聞かれ、時計を確認すると、九時半になったところだった。

「はい、僕は大丈夫です」

「コーヒーでも淹《い》れよう、と言ってもやっぱりインスタントなんだけどね」

笑って言いながら久仁はキッチンに向かった。そして手早くコーヒーを淹れて戻って来た。

「本当に今日はありがとうございました」

ソファーに座りなおした時、久仁は礼を言ってきた。

「いえ…お礼を言われるようなことは全然。僕の方こそ、おいしいお料理をごちそうになってありがとうございました」

槇がそう言って頭を下げると、久仁は薄く笑った。

「祐輝が柳沢さんに懐くのも、よくわかる」

「…え？」

その言葉の意味が分からなくていると、

「柳沢さんは、何も聞かないね」

そう続けた。

「何も…というわけじゃ、ないと……」

「そうかな？　普通はいろいろ聞いてくる人が多いよ。一番多いのは『奥様はどうなさったんですか？』だね」

「あー……」

「一応、気にはなってたのかな」

「気になるというか…、今はいらっしゃらないのかな、とは」

槇がそう言うと、久仁は少し間を置いた後、言った。

「祐輝の母親は、亡くなった。正確に言うと、母親だけじゃなくて父親もね」

「え？　父親って、桜庭さんは……？」

戸惑わずにいられない言葉だった。

「俺は、本当は叔父《おじ》でね。祐輝の父親は俺の兄。兄は大学卒業と同時に結婚して、渡米した。大学時代に留学してて、その時に向こうでのビジネスに興味を持ったらしい。向こうで祐輝が生まれて、家族三人とそれからランディーの四人で楽しく生活してた。八カ月前まで」

久仁はそう言って一度言葉を切った後、

「交通事故でね……。兄の運転していた車に、ハメを外した大学生の運転してた車が信号を無視してつっこんできた。それも、凄いスピードで。……後部座席でチャイルドシートに座っていた祐輝だけが助かった。怪我はしたけどね」

「……そうなんですか…」

「連絡が入って、すぐにアメリカに飛んで……病院で祐輝と会った時、祐輝は俺を見て『パパ』って……。兄とは双子だったからね…、大人になってからもかなり似てた。一瞬迷って、俺はそのまま、兄の振りをした。父親だけでも生きていた方が、祐輝にはいいだろうって、そう思って、そのまま兄の振りをしてる」

語られたのは、予想すらしなかった現実だった。

「祐輝くんは、お母さんが亡くなったってことは…理解して?」

「理解の程度は分からないが、もう会えないってことだけはね。いつかは兄のことも話さないといけないとは思ってるけど、今はまだ」

久仁はそう言って頭を横に振った。

「なんか…あの、すみません……。つらい話を聞いてしまって」

何を言っていいか分からなくて、槇は謝る。それに久仁は笑った。

「どうして君が謝るのかな。俺が勝手に話しだしたことだよ。むしろ、重い話を聞かせてすまなかったね」

「あ…いえ、別に僕は……」

そう言ったあと、どう続けていいのか分からなくなる。

適当な社交辞令的な言葉すら思い浮かばなくて、槙は黙ってしまった。

そんな槙に、

「君の家族は？」

久仁が話を振ってきた。

「兄がいます。兄と両親の四人でした」

「過去形？」

「今は、僕が家を出て一人で暮らしているので……」

「ああ、それもそうだね。お兄さんとは幾《いく》つ離れてるのかな」

「三つです。とても頭がよくて、両親の自慢の息子です」

そう言った時、槙の胸をチクリと刺すものがあった。

「君だって、自慢できる息子さんだよ？」

久仁のその言葉に、槙は苦笑した。

「兄は本当に凄いんですよ。頭がよくて、全国模試でも一ケタの順位に何度もなってて。僕は学校の中だけでもそんな順位取ったことないです」

『お兄ちゃんができるのにねぇ』

聞きなれた母親の言葉。

『博樹《ひろき》と比べてやるな。博樹は特別なんだ』

そう返す父親の言葉も、まるで昨日言われたように思いだせる。

「今は、官僚になってて……本当に凄いです。僕とは本当に大違いで」

「お兄さんとは、仲いいのかな？」

不意に久仁が聞いた。

「そうですね、べったりってわけじゃないけど、いいと思います。トリマーになればって言ってくれたのも、兄なんですよ。僕自身は自覚なかったんですけど、犬に好かれる体質っていうか、なんかそういう感じみたいで……。高校三年になって進路決める時にどうしようかって考えてたら、兄が動物相手の仕事すればってアドバイスしてくれて。獣医とかになれたらよかったんですけど、その段階から獣医を目指すのは厳しかったので、トリマーに」

専門学校に受かった時も、両親は「ああ、そう」という程度の反応だった。その三年前に最高学府に受かっていた兄と比べれば、感動できるような進学先ではなかったから、当たり前かもしれない。

それでも兄だけは、喜んでくれた。小さいケーキを買ってきてくれて、よかったなと言ってくれた。

「いい助言をもらったんだね」

「はい。それで、専門学校を出て、トリマーになって。……でも働いてたサロンが倒産しちゃったんで」

「倒産って、軽く言ってるけど、大変だったんじゃない？」

そう聞かれて苦笑するしかなかった。

「そう、ですね。親はあんまり僕の仕事を快く思ってなかったので頼ることもなんとなくできなかったですし……。その時に住んでた部屋は、同じサロンの人とシェアしてたんですけど、その人の再就職先が遠くなっちゃったのでシェアを解消っていうか、引っ越すことになったんです。それで、今の部屋を借りる時にも兄が保証人になってくれたんですよ。おかげで、安泰ってわけじゃないですけど、無事に生活できてます」

槇が言うと、久仁は何とも言えないような顔をしていた。

話の流れとはいえ、つい余計なことまで言ってしまったのだろうということに気付いたのはその時だ。それで、槇は慌てて話を変える。

「でも大変っていうなら、桜庭さんのほうが大変だと思います。社長さんだからお仕事が忙しいのはもちろんだけど、責任だって凄く重いし、そこに祐輝くんのお世話もありますし」

変えるというよりも矛先を久仁に戻しただけではあるのだが、一応は自分の話からは逸《そ》らした。

「確かに、大変じゃないと言えば嘘になるけど、苦じゃないよ」

笑ってさらりと言う。それは本当にそう思っているのだと分かる様子だった。

――格好いいなぁ……。

胸の内で、呟く。

自分の子供でも育てるのは大変だろうに、そうではない祐輝を引き取り、育てている。

もちろん、家政婦や家庭教師を雇ったりするお金の余裕があるからできているということもあるのだろうが、それだけではない心の余裕のようなものも感じる。

それを感じるから、祐輝も事故で両親を失った――彼が失ったと今認識しているのは、母親だけだが、それでも子供にすれば大変な喪失感だろうに――その悲しみにも、囚《とら》われ続けることなくいられるのかもしれないと思った。

「どうかした？　急に黙って」

少し首を傾げて聞いてきた久仁に、槙は慌てて頭を横に振った。

「いえ……、なんていうか、いろいろ凄いなって思って」

「俺が凄いっていうよりは、周囲に恵まれているからだよ。俺一人じゃ何もできない」

笑って言うその様子さえ、余裕があるように思えて、大人っていうのはこういう人のことをいうんだろうな、などと、自分も成人しているにもかかわらず思わざるを得なかった。

◇◆◇

「やなぎさわさん！　トランプ、もういっかい」

何度目かの神経衰弱が終わった後、祐輝はすぐに次をねだってくる。

「坊ちゃま、ダメですよ。さっきから何度『もういっかい』なんですか？」

そう言って、苦笑しながらキッチンから出てきた町田はエプロンを外していた。彼女の帰る時間なのだ。

「…もういっかいだけ……」

少しトーンダウンしながらも、祐輝はねだるのをやめない。

「いいよ、もういっかい、だね」

槙が言うと、祐輝は笑顔になり、トランプを一生懸命混ぜ始める。

「よろしいんですか？」

町田が問うのに、槙は頷いた。

「はい、この後は何も予定がないので。町田さんは、もうお帰りになる時間ですよね」

「ええ…そうなんですけれど」

町田にとって槙は「客」という認識なので、その槙を置いて自分が帰るのはためらわれる様子だ。

「『もういっかい』が後何度続くか分かりませんし、町田さんはお先にどうぞ。……多分、桜庭さんがお戻りになるまで、いることになると思いますから」

槙が言うと町田はやれやれといった顔をした。

「すみません、たびたび……」

「いえ。僕も楽しんでますから」

槙がそう返すと、町田は手早く帰り支度を整え、帰って行った。

夕食に招かれた翌日から、祐輝は槙をあの手この手で引きとめてくるようになった。

町田が帰った後、久仁が帰るまで一時間半ほどだが、ランディーがいるとはいえ、やはり誰かが一緒の方がいいのだろう。

それが分かっているから、槙も後の予定がない時はついつい一緒にいることを選択してしまう。

——まあ、忙しくないっていうのは、個人的には問題なんだけどさ。

遊ぶのがトランプからリバーシに代わり、駒を返しながら槙は胸の内で呟く。

あれから、また二件、散歩のキャンセルが入った。

全部で五件。理由は分からなかった。そして槙も理由を聞かなかった。いや、聞こうとしたのだが「いえ、ちょっと都合が悪くて」と言葉を濁されるだけで終わってしまった。

どの家も、半年以上続けさせてもらっていた家で、満足してもらえていると思っていた。

――日本はサイレントクレーマーが多いって言うから、もしかしたら不満はあったのかもしれないけど。

それなら、半年も続けるだろうかとも思う。

実際、お試しで一週間だけ依頼して断ってくる家も何軒もあったから、半年経《た》ってというのは疑問だ。

「やなぎさわさん、じゅんばん」

考え込んでいるうちに祐輝の順番が終わったらしい。

「ああ、ごめんね。んー、どこに置こうかなぁ」

ゲーム盤を見つめて、駒を置く場所を考えていると玄関のドアが開く音が聞こえた。

「あ、パパだ」

「じゃあ、お出迎えしようか」

槙は祐輝とランディーも一緒に玄関に向かう。

「パパ、おかえり」

そう言って祐輝は久仁の足に抱きついた。

「ただいま」

久仁は祐輝の頭を優しく撫でながら言った後、

「それから柳沢さんもただいま」

槇を見て言った。

「おかえりなさい」

「今日も祐輝が無理を言ったみたいだね」

「いえ、この後は予定もなかったので……」

槇のその言葉に久仁は一瞬表情を曇らせたが、

「君くらいの年なら、予定がなければ遊びに出かけたりしそうなんだけれどね」

少し笑って言った。

「基本インドアなので、出かけるよりは本を読んだりしてる方が好きですね」

「散歩が仕事なのに？」

「それは別腹です」

互いのプライベートについて少し話したからか、久仁との距離は以前と比べて近くなり、こんな軽口も気軽に言い合うようになった。

「祐輝、すぐご飯にするから手を洗っておいで」

「うん」

久仁に言われ、祐輝はランディーと一緒に洗面所に向かう。槇は荷物を取りに久仁とリビングに向かった。

「柳沢さん、これ」

槇がソファーに置いていた自分の荷物をまとめていると、久仁は槇に一枚のチラシを見せた。

それを見た瞬間、槇の眉根が寄った。

チラシは、犬の散歩代行の宣伝のものだった。散歩時間は槇と変わらないが、価格がかなり安い。個人で請け負っているというよりも、どこかの業者がやっているようだった。

「少し前にも一枚入っていた。これが二度目だ」

「そうなんですね……」

キャンセルが入った理由は、恐らくこの業者に乗り換えたからなのだろうと分かる。

理由を言えなかったのも、理解できた。

「……この価格は、僕には無理ですね」

苦笑しながら、もしかしたら、久仁も乗り換えるつもりなのかもしれないと思ったが、まるで槇の胸の内を見透かしたように、

「うちは、これからも君に頼むつもりだよ」

久仁はそう言い、そのまま続けた。

「不当に安い値段でサービスをしているところは、どこかに無理がある。そういう会社は正直、信用できないっていうのが、俺の持論でね」

「…信用していただけて、嬉しいです」

「でも、ライバルが出てきたってことは事実だ。少し、大変になるかもしれないね」

久仁の言葉に、そうですね、としか槇は返せなかった。

4

久仁が代行業者のチラシを見せてくれてから二週間。

今まで槇に依頼をしてくれていた半分以上の家がそちらに乗り換えたらしく、槇のスケジュールは驚くほどスカスカだ。

残っているのは、もともと週に一日程度しか受けていなかった家や、きちんとした資格を持っているということを重要視してくれていた家、それからトリミングをさせてもらっていた柴犬《しばいぬ》の家などだ。

柴犬の人見知りで怖がりな気性を嫌うトリマーは割といて、トリミングを断られることも多いらしい。

前に勤めていたサロンでは、とりあえず来店してもらって決めていたが、確かに断らなければならないほど嫌がる子もいた。

無理に引き受けても、その犬のストレスになるし、その犬の吠え声や暴れ様がトリミング中の他の犬に影響することもあるからだ。

そんなこともあって、柴犬の飼い主はあまり気軽にサロンの変更ができない。つまり、槇にトリミングを頼んでいるので、散歩だけ変更しますということはできなくて残ってくれているのかもしれないと思う。

「……ダメだな、こんな卑屈な考え方してちゃ…」

自分の発想の暗さに思わず呟いたが、収入ははっきりと言えば激減だ。

――もしこのままだったら……。

先行きの暗さしか頭には浮かばなくて、槇は頭を横に振る。

「顔に出さないようにしなきゃ……」

暗い顔をしていたら、今、まだ散歩を依頼してくれている飼い主も不安にさせることになる。かといって、必要以上に明るく振る舞えば不自然に映るだろう。

「いつも通りに…頑張ろう」

自分に言い聞かせるようにして、槇は仕事に出かけた。


できるだけ顔に出さないように、仕事中は頭を切り替えて代行業者のことは考えないようにしていた。しかし、

「浮かない顔してるね」

再び桜庭家の食事に招かれ、前回と同じく祐輝が沈没するまで付き合った後、久仁と二人でコーヒーを飲んでいる時に、そう言われてしまった。

「そう、ですか？」

「何かあった？　っていうか、あったんだろう？」

何でもないです、という逃げ道をあっさり断たれて、槇は苦笑する。

「前にチラシを見せてもらった散歩の代行業者に、お客さんを持っていかれてしまって……。あの料金でしたから、ある程度はって覚悟してたんですけど…思った以上だったので」

できるだけ深刻にならないように言ったつもりだったが、もしかしたら表情がついていかなかったのかもしれない。

槇の言葉を聞いて久仁は難しい顔を見せた。

「…下世話なことを聞くけどいい？」

「なんでしょうか？」

「生活は、していけるのかな？」

単刀直入の問いに、槇は言葉に詰まった。それだけで、久仁はある程度は理解したのかもしれないが、

「ずっとこのままだと厳しいけど、幸いしつけ教室は毎回好評なので、抜けた時間をそれに当てたり、後はシャンプーとかカットの仕事を本格的にするとか……できることはあると思うので」

槇は、今考えていることを伝えた。

伝えたものの、正直、不安でしかない。

しつけ教室を週末にしていたのは、集客を考えてという面も多少はあった。

散歩の抜けた時間となると平日になる。平日開催でどの程度人が集まるか分からないし、トリミングは決まったサロンにという客が多いから、生半可《なまはんか》なことでは乗り換えはしないだろう。

打開策を考えているものの、難しいというのが実際のところだ。

久仁は少し考えた後、

「こういう提案をするのは、もしかしたら気分を害するかもしれないんだけどね」

そう前置きをして続けた。

「もし、君がよかったら家庭教師の来ない曜日に、祐輝の相手をしにきてくれないかな」

「祐輝くんの相手、ですか?」

「ああ。時給は要相談で」

恐らく、散歩の仕事を取られて収入が減っている分を何とかしてくれようとしているんだろうなというのはすぐに分かった。

「すみません、気を使わせてしまって……」

謝る槇に、久仁は頭を横に振った。

「謝ることはないよ。俺としては祐輝のために頼みたいと思ってるんだ。町田さんは年齢的に家事をしながら祐輝の相手もというのは、結構負担みたいでね。家庭教師の来る日を増やすことも考えたことはあるんだが、家庭教師にはあまり祐輝は心を開いていない感じがする。本人は家庭教師が教えてくれる勉強は分かりやすいから不満はない様子なんだが……心を開いていない相手と過ごす日を増やして、ストレスになってもいけないしね。だから、祐輝が心を開いてる君に頼めたらと思ったんだ。丁度っていうのは不謹慎だけど、時間の余裕ができたみたいだから」

「でも……」

ありがたい申し出であることは確かだ。

けれど、甘えていいとは思えなかった。

「君がしようとしている他の仕事に差しさわりがあるなら、断ってくれて構わない。ただ、時間があるなら頼みたいっていうだけで」

久仁の言葉に、槇はどう返していいのか分からなくて黙ってしまう。その様子に、

「とりあえず、今週と来週だけ、来てみてもらえないかな。お試しってことで、週に二回、火曜と木曜。途中で抜けて他の仕事に行ってくれても全然構わない」

槇が働きやすい条件を重ねて提示してくる。

そこまで言われて断ることもできなくて、甘えてしまうことに罪悪感がないわけではなかったのだが、

「ごめんなさい…お世話になります」

槇はイエスの返事をした。

それに久仁は槇よりも安堵したような顔を見せる。

「ありがとう。無理を頼むみたいで悪いけど、引き受けてもらえて安心したよ。祐輝には明日、話しておく。きっと喜ぶと思うよ」

久仁のその言葉通り、初めて槇が遊び相手として早い時間に桜庭家を訪れると、祐輝は大はしゃぎだった。

ランディーの散歩とは別の、祐輝と遊ぶためだけの散歩——もちろん、ランディーも一緒なのだが——にでかけたり、町田の買い物に荷物持ちとしてついて行ったり、家で一緒に絵を描いたり、ひらがなの練習をしたりして過ごす。

あとは、町田の手伝いを少しする程度だ。

町田は腰痛があり、少し重い物を持ったり、あとは高いところにあるものを取ったり、拭いたりというのがつらいらしく、それを手伝うのだが、槇にしてみれば手伝いとも言えないことなのに、とても感謝してくれる。

それは嬉しいのだが、これくらいのこととしか言えないようなことでお金までもらうのが本当に申し訳がないくらいだ。

お試し期間として使ってもらった週の終わり、槇は素直に自分のやっていることを「仕事」

としてお金をもらうのには罪悪感がある、と久仁に告げた。

しかし、久仁は、

「君が来てくれるようになってから、明らかに祐輝の表情が違うよ。ランディーの散歩に来てもらうようになった時にも、それは感じていたけれど、散歩のときはやっぱりランディーがメインだから、『自分と』遊んでくれるというのが嬉しくて仕方がないらしい。以前は町田さんを困らせることもあったが、それがない様子だしね。君が思う以上に君がここに来てくれていることは、とても大切な仕事なんだよ。少なくとも俺と祐輝にとってはね」

と、槙が罪悪感を覚えることはないのだと言った。

「もちろん、仕事内容が気に入らないというのなら、仕方がないと思うけど」

「いえ、それはないです……。そうじゃないから、困るって言うか…」

「じゃあ、続けてほしいな。俺にとって祐輝は大事な子だから、信頼できる相手にしか任せたくないんだ」

そう言われてしまうと、断ることが凄く我儘に思えて結局引き続きということになってしまった。

なってしまったのだが、実際には槙にはとてもありがたかった。

散歩の代行はあれからもどんどん客を取られて、本当に数件しか残っていないし、平日に開催したしつけ教室はそれなりに人が集まるものの、やはり流動的で収入としてはもっと不安定だ。

本来の仕事だったトリミングはと言えば、やはり行きつけの所からわざわざ替えてという客は滅多になく、二件だけ新規でブログを見て声をかけてくれた客がいたくらいだ。

――本当にこのままじゃ、ダメだ……。

ダメだということは分かっているけれど、どうしていいのかが分からない。

「……まきさん、どうしたの？」

リビングで一緒にぬりえをしていた祐輝が、完全に手の動きを止めてしまった槙に気付いて、不思議そうな顔をした。

「ううん、なんでもないよ。ここのお花を何色で塗ろうかなと思って考えてただけ」

「ゆーき、ピンクぬる。ママ、ピンクのおはな、すき」

「そっか、じゃあ僕もピンクで塗ろうかな」

槙は色鉛筆のピンクを手に取ると、花を塗り始める。

祐輝の遊び相手をするようになって、変わったことが一つある。

祐輝が槙のことを「やなぎさわさん」ではなく「まきさん」と呼ぶようになったことだ。

きっかけは、ひらがなを書く練習をしていた時に、槙の名前を書いてくれることになり、下の名前まで教えたことだった。

その時に、

『まきさんって、よぶ、いい？』

そう聞かれて、断る理由もなかったので、いいよというと、それが定着した。それが派生して、気付けば久仁も槇のことを「槇くん」と呼んでいるし、町田もいつしか「槇さん」と呼んでいた。

「まきさん、ここ、なにいろ？」

祐輝が描かれている家の屋根を指差し、問う。

「何色の屋根がいいかな。壁が青色だから、他の色……」

槇がそこまで言った時、キッチンでガシャン、と鍋か何かが床に落ちる音がした。

「町田さん、大丈夫ですか？」

槇は座しているダイニングテーブルからキッチンの方に視線を向けたが、町田の返事はなかった。

問う声が聞こえない距離ではないのに、返事がないのはおかしく思えて、槇は立ち上がりキッチンに向かった。

「町田さん？　大丈夫……、町田さん！」

カウンターの奥に入った槇は思わず焦った声をあげた。

キッチンの床には落ちた鍋を拾うこともできず、苦悶《くもん》の表情を浮かべた町田がうずくまっていたからだ。

「町田さん、どうしたんですか?」

慌てて駆け寄り、傍らに膝をつき、問う。

「……腰が…、鍋を取ろうとしたら……」

話すことさえつらいのか、きつく眉根を寄せて言う町田の声は震えていた。

「まちださん……」

槇の様子に異変を感じ取った祐輝もキッチンに入って来て、心配そうに町田のすぐ近くに座り込み、町田の顔を見る。

「坊ちゃま、大丈夫ですよ……、少し休めば…」

そう言うが、表情にははっきりと痛みが見て取れた。

「ぎっくり腰、かな」

「…ええ、多分……」

「とりあえず、ソファーに行きましょう。立てますか?」

床に座り込んでいるのもよくないだろうと思い、槇が促したが、どうやら立つのも困難なようだった。

「病院へ行った方がいいですね……、救急車は…」

「いえいえ、そんな…。救急車なんてとんでもない」

ぎっくり腰くらいで救急車というのは確かに槇も呼んでいいとは思えなかったが、動けないとなると移動手段は限られる。

「ちょっと、待っていてもらえますか？　祐輝くん、町田さんのこと、見ててね」

祐輝にそう言い置いて、槙はマンションの内線電話でフロントにかけた。こういう時にどうすればいいか、もしかしたら何か教えてくれるかもしれないと思ったのだ。

町田が腰を痛めて、病院に連れて行きたいが部屋から動けそうにないと伝えると、町田のことをよく知っているフロントの女性はとても心配して、フロントに置いてある車いすを持っていくので、それで移動してはどうかと提案してくれた。

一階まで降りてくることができれば、車いす対応の車を手配して病院に連れて行くと言ってくれたので、そうすることにした。

すぐにフロントの女性が車いすを持ってきてくれ、町田は痛みをおして何とか車いすには移動することができた。

そのまま一階に降りて、手配してもらった車で近くの病院に向かうことになった。槙は病院について行こうと思ったのだが、祐輝が一人で留守番をすることになるし、病院の中まで運転手が連れて行ってくれると言うのでそれに甘えることにした。

「何かあったらすぐに連絡してくださいね」

そう言って槙は町田を見送り、部屋に戻ってくると祐輝が不安な顔をして玄関でランディーと待っていた。

「まちださん、あし、いたい、なおる？」

歩くことができなかったので、足を痛めたと思ったのだろう。

「うん、治るよ。少し時間がかかるかもしれないけどね」

槇の言葉に祐輝は少しほっとした顔をした。

その祐輝を連れてとりあえずリビングに戻ったが、町田の様子だと少なくとも今日はもう仕事は無理だろう。

「祐輝くん、僕、町田さんの代わりにご飯の準備をするから、一人でぬりえしてくれる？」

「まきさん、ごはん、つくる？」

どこかわくわくしたような表情で祐輝が聞いてくる。

「うん。町田さんみたいにおいしいのは無理だけど、簡単なのならね」

槇は言いながらキッチンに入った。町田が切っていた食材は、人参とじゃがいも、たまねぎだ。鍋を出そうとしていたから、煮込み料理であることは間違いないだろう。

「シチュー、カレー、肉じゃが……」

町田が作ろうとしていた料理の察しをつけようと、冷蔵庫を開けてみると、整頓された冷蔵庫の中には牛肉が入っていた。

「薄切りってことは、肉じゃがかな。あとは…サラダ作るか、それとおみそ汁と……」

どの程度の品数を作ればいいのかも分からないが、緊急事態なので少なくても許してもらえるだろうと槇は服の袖をめくり、料理を始める。

祐輝はぬりえには戻らず、キッチンの入口のところで、槇を見ていた。

「祐輝くん、ぬりえはもういいの？」

「まきさん、りょうりする、みる」

そう言うので、立ったままにさせるのもなんなので、ダイニングチェアを一脚キッチンに持ち込み、自分が作業しているところが見やすいところに置き、そこに座って見ていてもらうことにした。

途中、診察の終わった町田から連絡が入って、やはりぎっくり腰だということだった。戻っても仕事ができそうにないので、今日はこのまま家に戻るらしい。そのことはすでに久仁に連絡済みで、病院には娘が迎えに来てくれるのだと話していた。

「分かりました。お大事になさってください」

そう言って電話を終えると、祐輝がすぐに、

「まちださん、いたいのなおった？」

そう聞いてくる。

「んーとね、物凄く痛いのは大丈夫になったけど、ここに帰って来てお仕事するくらいの大丈夫じゃないんだって。だから、今日はもうおうちに帰ってお休みするって」

「まちださん、おやすみしたら、げんき？」

「たくさんおやすみしたら、げんきになるよ」

元気になるというのが分かると、やっぱり安心した顔をする。

――優しい子だなぁ……。

町田との関係がいいというのもあるのだろうが、人を思いやるということが自然とこの年齢でできているというのは、凄いと素直に思う。

「あ……桜庭さんに連絡しておいた方がいいかな」

町田が久仁に連絡したとなると、恐らく夕食の準備ができないという判断になっているだろう。

――一応、僕が作るってことだけは話しておいたほうが……。

そう思って電話帳で久仁の番号を検索していると、その久仁からの着信があった。

「はい、柳沢です」

『槇くん？　桜庭です』

「今、桜庭さんに電話をしようと思ってたところなので驚きました」

『凄い以心伝心だね』

笑って久仁は言う。それはただの冗談だというのに、槇の心臓が妙にドキドキし始めた。

「そうですね。…で、内容は町田さんのことですね？」

平静を装って返す。

『ここまでシンクロすると、奇跡かな』

やっぱり笑って言った後、久仁は続けた。

『町田さんが、夕食の準備ができてないって話してたから、今日はケータリングを頼もうかと思ってね。祐輝に何がいいか聞いてもらおうかと思ったんだけど』

「あ……」

町田が料理を作りかけていたので、その続きをと思ってしまったが、別に槇が作らなくてもケータリングという手段があるのだとここで初めて気付いた。

『どうかした?』

槇の異変を感じ取り、久仁が問い返してきて、槇は素直に話した。

「町田さんがお料理を作りかけていたので…今、その続きを作ってたところで」

『槇くんが料理を?』

「はい。でも、その…味の保証ができないので、ケータリングしてもらった方が安全かと思います」

『いや、もう作ってくれてるんだろう? だったらそれをいただくよ。ああでも、それだと槇くんに余計な手間をかけさせてしまうか……』

「いえ、手間とかは全然。ただ、町田さんみたいには本当に無理なので、それを覚悟しておいてもらえたらと……」

槙が言うと、何がつぼにはまったのか、久仁があからさまに噴き出したのが分かった。

『覚悟……、覚悟って…。君はもしかして、ポイズンクッキングの使い手なのかな』

「ポイズン…までは、大丈夫です、多分。レシピに書いてあるものしか入れませんから」

『まあ、一応は覚悟して帰るよ。本当にすまないね』

そう言う声もまだ笑っていたが、とりあえず自分が作るということを了承はしてくれたのでいいかと思って、そのまま電話を終えた。


久仁が帰って来たのは七時前だった。

着替えてきてもらう間に、作った料理を温め直して盛り付け、テーブルに並べた。

並んだ料理を見て、久仁は驚いた顔をした。

「肉じゃがと、おみそ汁と、サラダ。凄いね、こんなにちゃんとした料理が出てくると思わなかったよ」

「ゆーき、サラダてつだった！　レタスむいてちぎったの」

誇らしげに祐輝が報告する。

「なので、サラダは保証できますが、それ以外はほぼ僕作なので」

「じゃあ、さっそくいただこうかな」

久仁はそう言ったが、食事の準備が二人分しかないのに気付いて、

「槇くんは、一緒に食べないの？」

そう聞いてきた。

「え？　あ…僕は帰ってから、家で」

「この後、何か用がある？　ないなら一緒に食べよう。きっちり二人分を作ったっていうわけでもないんだろう？」

確かに、久仁がどの程度食べるのか分からなかったので、少し量は多めに作った。とはいえ、じゃあいただきますと言っていいのかどうか分からずにいると、

「それに、作った本人にもちゃんと責任は取ってもらわないと」

いたずらな表情で久仁は言い、祐輝も、

「まきさん、ごはん、いっしょ」

声を弾ませる。

それで、結局一緒に食べることにしたのだが、とりあえず味には満足してもらえたようだった。

「お世辞抜きでおいしかったよ。いつでもお嫁に行けるね」

「ありがとうございます。いい嫁ぎ先があればいいんですけれど」

食器洗い機に食べ終えた皿を投入しながら言う久仁に、槇も軽い調子で返す。

食器を洗ってから帰ろうと思っていたのだが、

『それは俺の仕事だからね。といっても、食洗機に放り込むだけだけど』

久仁はそう言って、させてくれなかったのだ。

それくらいなら自分がやっても同じだとは思ったのだが、そこまでは、と思ってくれているのがなんとなく嬉しかった。

「じゃあ、うちへ嫁いで来てくれないかな」

笑って言ってきたので——そうでなくても、冗談だということは分かったが、妙にドキッとした。

普通に他の誰かに言われたならそんなことはまったくないのに、久仁に言われるとこういう風になってしまうことが時々ある。

——イケメン効果ってホント凄い。

胸の中で思いながら、

「家庭環境が複雑なことになりますけど？」

笑って返しながら、好きなテレビアニメをランディーと一緒に並んで見ている祐輝に目をやる。

久仁も苦笑しながら祐輝を見たあと、

「槙くんのご飯を食べながら考えてたんだけどね」

そう前置きをしてから、話を続けた。

「町田さんは少なくとも二週間は無理だろうと言っていた。治るまでの間、掃除は休みの日に俺がするとしても、祐輝を日中ずっと一人にさせておくわけにもいかない。食事も毎日ケータリングっていうのも…俺はいいとしても、祐輝にはあまりね。できるだけ、家庭っぽいことを祐輝にはしてやりたいと思ってる」

「はい」

「そこで、だ。今でも槇くんには無理を言ってるって自覚はあるんだけど、町田さんが戻ってくるまでの間、空いてる時間にここに来てもらえないかな」

話の流れでそうなるのはなんとなく分かっていたが、「いいですよ、分かりました」とはさすがに言えなかった。

時間の問題ではなくて、「町田の代わり」など恐れ多くてという気持ちの問題だ。

今日の料理だって、久仁と祐輝は褒めてくれたが、前に食べた町田の料理とは比べ物にならないからだ。

「やっぱり、難しい？」

返事ができない槇に、久仁が聞いた。

「……スケジュール的にどうこうというのではなくて…、そこはやりくりできると思うんです。でも、町田さんがしていたみたいにというのを求められると、やっぱり」

「おもに、何が不安かな？」

「お料理です」

はっきりと言うと、久仁は笑った。

「今日の肉じゃがもおみそ汁も充分おいしかったよ。サラダは素材の味がバッチリだったね」

「祐輝くんの愛情も隠し味で入ってましたからね。冗談はおいておいて、本当に自信がないんです。レパートリーも少ないし、凝った料理は皆無なので」

一人暮らしで自炊だから、簡単な料理は作れるが、付け合わせだのなんだのを考えた料理は無理だ。

「じゃあ、お料理は週に三日。とりあえず町田さんは少なくとも二週間は無理だって話だから、六日間だけ頼みたい。後はケータリングを頼めばいいんだし。ただ、日中祐輝を一人にはしたくないから、ここをホームベースにしてもらえたら一番嬉しい。ここから、他の仕事に行く感じで。……本当はここまで食い下がって無理を言いたくはないんだけど、急なことだったから俺もかなり動揺してる。もし、他のいい案を思いついたら、その時は予定を変更してできるだけ槇くんに負担をかけないようにするから」

そこまで言われて断ることはできなかった。

「わかりました…。でも、本当に料理は期待しないでください。それ以外もいろいろ至らないところがいっぱいあると思うんで、そういうところも目を瞑《つむ》ってとまでは言いませんが、

薄眼《うすめ》で見てください」

その槙の言葉がどうやらまたつぼにはまったらしく、久仁は口元を押さえ、肩を揺らして笑い始めた。

「うす…薄眼……、薄眼ね…。分かったよ、そうしよう」

そう言って、まだ笑いながら片手を差し出してくる。

「これから、よろしくね」

「はい、お願いします」

その手と握手を交わして――触れた手の暖かさに、また胸が一つ跳ねたのを槙は感じた。

◇◆◇

臨時の家政婦代行は、順調に五日目を迎えた。

久仁が言ったとおり、槙は基本的に桜庭家にいて、桜庭家から他の犬の散歩やトリミングにでかけるようになった。その時間もできるだけ祐輝が一人にならないように、家庭教師が来ている時間に変更してもらったりして調整した。

誤算だったのは、祐輝がケータリングの食事をいやがったことだ。

家政婦代行初日を請け負った翌日の金曜日とするなら、その日はケータリング食で、槙は食事の準備をしないで帰った。

二日目となる週明け月曜には槙が作り、三日目はケータリング、そして四日目の昨日は槙が作り、その夜、祐輝を寝かしつけてから久仁から電話があった。

祐輝が、槙の作った食事の日はちゃんと食べるのに、ケータリングだと食べないわけではないらしいが、すぐに「もうおなかいっぱい」と、言ってしまうらしい。

ケータリングの食事がまずいわけではないらしく、おいしいと言って食べているのだが、祐輝いわく「ちょっとでおなかがいっぱいのあじ」らしい。

それで結局、槙が毎日作ることになった。もちろん、内容と味には文句をつけないという約束を取りつけたうえで。

もっとも、注文をつけられたことはないのだが、念のため、だ。

「今日も豪華だね」

帰って来た久仁がテーブルの上に並んだ料理を見て言う。

「レシピサイトのおかげです。簡単で見栄えのする料理を検索しました」

笑って言った槙に、

「で、やっぱり二人分なのかな？」

久仁は聞いてくる。

「二人分で作りましたから」

「家に帰ってまた自分の食事を作るなら、二度手間だろう？　町田さんは家族の分の支度があったけれど、槙くんは一人分なんだから、ここで食べて帰ればいいのに」

「それは…」

「祐輝も、槙くんと一緒の方が喜ぶし。祐輝も槙くんと一緒にご飯食べたほうがいいだろう？」

久仁はそうやって祐輝に声をかけた。

手も洗い終えて、自分の席に鎮座して「いただきます」を待っている祐輝はにっこり笑顔で、

「まきさん、たべるのいっしょ」

そう言ってくる。

「ずるいですよ、祐輝くんを使うのは」

「祐輝を引き合いに出すと、断りづらそうだっていうことを学習したからね」

悪びれずに久仁も言ってくる。

「まきさん、いっしょしないの？」

追い打ちをかけてくる祐輝に、槙は小さく息を吐《つ》く。

「今日は、二人分しか作ってないからね」

「じゃあ、あした、いっしょする？」

当然のような切り返しに、久仁が笑っているのが見えた。槇の返事など分かりきっているのだろう。

「……そうだね、明日はね」

「よかったな、祐輝」

祐輝の頭を撫でる久仁に、

「でも、その分の食費はちゃんとお支払いしますから」

せめてそれくらいはと思って言うのに、

「槇くんが大食い選手権に出るレベルの大食漢なら、ぜひお願いしたいけど、余計にかかる費用なんてそう変わらないだろう？　その計算に費やす時給で相殺《そうさい》されるんじゃないかな」

と、遠回しながら「受け取らない」という姿勢だ。

それ以上言うのは無粋《ぶすい》になってしまうので、素直に甘えて、その分は祐輝とランディーの世話で返そうと心に決めた。

こうして、槇が一緒に夕食を食べるようになると、祐輝の中では槇がいることが当たり前のようになったらしく、三度目の夕食後には、

「まきさんは、ナイナイしないの？」

と言いだすようになった。

『ナイナイ』というのは英語の「goodnight」、おやすみ、の幼児語らしい。つまり、お泊りしないのか、という意味だ。

「僕は、自分の家に帰ってから寝るんだよ」

「ゆーき、まきさんといっしょがいいよ？」

そう言われても、さすがにOKは出しづらくて、ごめんねと謝った翌日、

「明日の夜、少し残業を頼めないかな」

夕食の時に、久仁にそう言われた。

「どうかしたんですか？」

「人と会うことになってるんだ。食事をしたら、すぐに出ないとならなくてね。悪いが祐輝を寝かしつけてくれたら助かる」

「大丈夫です」

「本当にすまないね。できるだけ夜には予定を入れないようにしてるんだけど。どうしても断れなくて」

申し訳なさそうに久仁は言う。

「気にしないでください。いつも僕の方がお世話になってるんですから」

それは、槇の本音だ。

久仁がいなかったら、きっと途方に暮れていただろうと思う。

「じゃあ、甘えておこうかな。祐輝、明日は槙くんに寝かせてもらって？」

「まきさんといっしょ？」

確認するように聞いた祐輝に、

「そう一緒」

久仁がそう返すと、祐輝はキラッキラの笑顔を見せた。

「いっしょ！　おふろもいっしょ？」

「それはどうかな？」

久仁はお伺いを立てるような様子で槙を見た。

「……着替え、持ってきます」

そう答えるしかなかった。


翌日、約束通りに槙は着替えを持って桜庭家に来た。

久仁は昨日言った通り夕食だけを食べに戻り、食べ終わるとすぐに出かけて行った。

槙は食事の片付けの後、祐輝と一緒にお風呂に入り、お風呂上がりにしばらく一緒に遊んだ後、あくびをしたのを機会にベッドへと向かった。

お気に入りだという絵本をベッドで読み聞かせると、間もなく寝息が聞こえてきて、完全に寝入ったのを見計らってベッドを抜け出す。

ベッドの脇にある専用のラグマットの上で大人しく横になっていたランディーは、槇がベッドを抜け出た気配に頭をあげた。

「ランディー、祐輝くんを頼んだよ」

小さな声で言って軽く頭を撫でてから、槇は部屋の扉を薄く開けたままでリビングに戻った。

時計は九時半になったところで、槇は久仁が帰ってくるのを待った方がいいのかどうか悩んだ。

帰宅時間は聞いていないし、待っていろと言われてもいない。

頼まれたのは、祐輝を寝かしつけるところまでだ。

「帰っちゃっても、ＯＫだとは思うけど……」

けど、祐輝が寝たからさっさと帰るというのも何となくできなくて、とりあえず十時まで食器洗い機の中で乾燥まで終わっている食器を片付けたり、冷蔵庫の中の食材の残りを確認して明日のメニューを考えたりする。

そして時計の針が十時を越え、そろそろ帰ろうかと思った時、玄関ドアの開く音が聞こえた。

その音に槇が迎えに出ると、ランディーも祐輝の部屋から迎えに出て来ていた。

「おかえりなさい」

小声で出迎えると、

「もしかして、待っていてくれたのかい？」

少し驚いた様子で久仁が言った。

「十時までは、と思って。食器の片付けとかもありましたから」

「そうか…。ランディー、ただいま。おまえの主人はお休み中かな」

久仁はランディーの頭を撫で、迎えに出たことを労《ねぎら》う。

「九時半前に寝かしつけ完了です」

「ありがとう、助かったよ。……すぐに帰る？　時間があるなら少しお茶でもどう？」

久仁に誘われて「いいえ、帰ります」とも言えなくて、お茶を一緒に飲むことにして槇は久仁と一緒にリビングに戻ったが、ランディーは祐輝の部屋に戻った。

「本当に助かったよ。いつもは断れない用件にしてもできるだけ祐輝を寝かしつけた後の時間にしてもらってるんだけどね」

ソファーでコーヒーを飲みながら言った久仁の言葉に、槇は問い返す。

「夜にまたお仕事に戻られること、多いんですか？」

「平均すると週に二度くらいかな。できるだけ他の重役に振って俺が出なくても済むようにしてるんだけど、どうしても俺が出ないとって相手もいてね。今日みたいに寝かしつける前の時間にってことは一カ月に一度あるかないかだけど……」

「前はどうしてらしたんですか？」

「短時間のシッターに頼んでたよ。でも、祐輝は人見知りするから、そういう単発のシッターだと知らない相手が来るだろう？　それがストレスみたいで、次の日に体調を崩すんだ。だから、槇くんに甘えてしまった。悪かったね」

謝られて、槇は頭を横に振った。

「いえ…大丈夫です、全然。僕の方こそ、桜庭さんに拾ってもらえなかったら今頃どうしてたか分からないです」

久仁には、本当に感謝している。

もし、あのままだったら今頃は焦燥感でいっぱいで、バイト探しに必死になっていただろう。

現実問題として、その日も近いのだろうとは思う。

そのうち町田が戻ってくるだろうし、そうすれば槇は祐輝のシッター——シッターなんて言えるほどのことは何もしていないから、そう言うのもおこがましいが——に戻る。

それだって、久仁が槇を思いやって雇ってくれているようなものだと思うし、その優しさにいつまでも甘えてはいけないと思う。

そんな風に芋《いも》づる式に脳裏に考えが湧き起こった槇の頬に、不意に久仁が手を伸ばして触れた。

「難しい顔になっちゃったね。何か不安なことがある？」

急に核心に触れられて、槇はごまかすこともできなかった。

「えっと…その」

「槇くんの本来の仕事の方のことかな？」

当たりすぎていて、苦笑するしかなかった。その槇に久仁は問い重ねた。

「状況は、かなり厳しい？」

「…はい。下げ止まりになった感じですけど、盛り返せる自信はないです。このままだと立ちいかなくなるのは目に見えてるので……どこかのサロンで雇ってもらうとか、別のバイトを探すとか、そういう方向も考えてます」

求人に出ているサロンは、どこも条件の合わないところばかりだ。

しかし、背に腹は代えられない。

条件をより好みしている場合ではなくなってしまっているのだ。

「個人的にはこのままうちにいてくれるとありがたいと思ってるんだけどね」

「ありがとうございます。でも、町田さんもそのうち帰っていらっしゃるだろうし……」

そうでなくともとりあえず二週間ということだった。

その二週間は間もなく終わる。

だが、久仁は難しい顔をした後、大きくため息をついた。

「そんな槇くんに、よくない情報が一つある」

「…なんですか？」

「町田さんは、まだ、無理らしい。少しずつ良くなってるらしいんだけれど、仕事ができるようになるには程遠いって」

「そうなんですか……」

「君が、本来の仕事じゃない家政婦の仕事にいろいろと思う部分があるのは分かってる。君の窮地につけ込んでるってことも分かってるんだけどね……もう少し頼めないかな」

そう言って久仁は頭を下げた。

「そんな……頭をあげてください！」

槇は慌てて言った。

「不本意な仕事をしてもらっていることに変わりはないだろう？」

とりあえず頭をあげてはくれたが、そう返された。

「僕は…本当に、ここで仕事をさせてもらえてありがたいって思ってます。でも、家政婦としての仕事がきちんとできてるとは思えないんです。掃除も多分、求められてるレベルになってないと思うし、料理なんか、もっと……。それなのに、充分すぎるくらいにお給料をもらって…僕が甘え過ぎてます。それが申し訳なくて」

「じゃあ、ここでの仕事が嫌ってわけじゃないのかな」

聞き返されて、頷いた。

「嫌じゃないです……。低レベルのことしかできないのに、よくしてもらってるのが申し訳ないだけで。町田さんがああいうことになったときに、僕の仕事がダメになってきてたから……それで心配して僕にって言ってもらえたんだってことは分かってます」

その優しさにつけ込むのはダメだと思う。

人に頼ったり甘えたり、一時手を借りるのは仕方がないとは思うけれど、そこに寄りかかったままになるのは、ダメだと思う。

一人でちゃんと、迷惑をかけずにやっていかないといけないと思う。

そう自分に常に言い聞かせておかなくては、ただでさえ劣等生なのだから、知らない間にどんどんダメな人間になってしまう気がした。

「……確かに、君の手助けになればと思ったことは認めるよ」

久仁はそう言った後、少し間をおいてから続けた。

「君は、俺に甘え過ぎてるっていうけど、俺は君の優しさにつけ込んでるから、なんだかんだもっともらしい理由をつけて、祐輝まで引き合いに出して来てもらってるっていう姑息《こそく》な部分もあるから、そこはイーブンにしよう」

「イーブンなんて……」

「ただ、イーブンじゃないのは、そこまで姑息な手段を使ってでも、君に来てほしかったのかって部分だ。……君を助けたいって気持ちは確かにあるけど、どっちかって言えば下心の方が強かったからね」

「……はい？」

突然飛び出してきた言葉に、槇は困惑するしかなかった。

「シタゴコロ、ですか」

あまり、いい意味合いで使う言葉ではないと思う。

槇を桜庭家で働かせていたのは、他にさせたいことがあったということだろう。

「あの、どんな……」

思惑が分からなくて聞いた槇に、久仁は、

「包み隠さずにはっきりと言うなら、俺が君を、そういう意味合いで好きだから、だね」

あっさりと言ったが、その内容はかなり濃かった。

「……は…？」

きっと今の自分は相当間抜けな顔をしているんだろうなと思う。

けれど、それは自分ではどうしようもなかった。

「つまり、恋愛感情を君に対して持ってるってこと。もちろん、同性に対してこういう感情を持つのが普通じゃないことは充分承知してるから、君に無理強《じ》いをするつもりはない。ただ、俺が君に対してそういう感情を抱いているというのが不愉快なら、できるだけ俺自身とは接点を持たずに済む方法を取るつもりだ。ただ、祐輝は君に懐いてるから、祐輝のために散歩だけでもこのまま来てもらいたい」

続けられた言葉に、槇はしばらく茫然《ぼうぜん》と瞬《まばた》きだけを繰り返した。

「えっとあの……明日も、普通に来ます。それで、なんていうか…不愉快とか、そういうのはないっていうか…すみません、ちょっといろいろ分かんないです」

与えられた情報が凄すぎて処理が追いつかなかった。

「不愉快じゃないなら、それで充分だよ。理解される種類のことだとも思ってないからね」

そう言った久仁は、どこか寂しいような顔をしているように見えた。だが、かける言葉もみつからなくて、槇はただ黙っているしかなかった。

5

突然の告白から、四日が過ぎた。

その四日の間に土日を挟んだので、久仁《ひさひと》と顔を合わせたのは二日、それも夕食の時の一時間ほどでしかなかったのに、槇《まき》はあからさまなまでに挙動不審だった。

とにかく、意識してしまって、まず目が合わせられない。いや、目が合わせられないどころか顔も見られないし、その気配だけで走って逃げたくなるくらいに、落ち着かなかった。

ただ、「走って逃げたくなるくらいに、落ち着かない」といっても、久仁が嫌なわけじゃないのだ。

嫌なわけじゃないけれど、心臓の辺りがざわざわして、落ち着かない。

「ねぇ、ランディー。どうすればいいんだろうね？」

リビングで寝転んで絵本を開いて読みながら寝入ってしまった祐輝《ゆうき》の傍らで、すっかり抱き枕のようにされているランディーの頭を撫《な》でながら、槇は相談を持ちかける。

ランディーは槇の方を見たが、いかんともしがたい、という表情だ。

もちろん、ランディーが槇の言葉を理解しているわけではないだろうが、今の槇にはランディーがそういう顔をしているように見えた。

というか、ランディーはきっと槇の言葉を理解していたとしても「祐輝お坊ちゃまのこと以外はどうでもいいです」なんだろうな、と思う。

槇を悩ませている元凶の久仁は、今夜は夕食の時間には帰れそうにないらしい。

朝、桜庭《さくらば》家に来た時に、そう書いたメモが冷蔵庫に貼られていた。冷蔵庫は、掲示板代わりにもなっていて、買って来てほしいものなどがあればそこにメモを貼っておくのがこの家のルールらしい。

なので、今夜は祐輝と槇の二人での夕食だ。

そうなると、その後のお風呂も恐らく槇が入れることになるのだろうと、槇は念のために一度家に帰って着替えを持ってきた。

「ランディー、本当にどうしたらいいんだろうね？」

呟《つぶや》いてランディーの額《ひたい》に自分の額を押し当てた時、槇の携帯電話が鳴った。ポケットから取り出してみると、画面に着信表示されていたのは、久仁の名前だった。

それだけのことにもドキドキしながら、槇は電話に出た。

「はい、柳沢《やなぎさわ》です」

『忙しくしてるのにごめんね、俺だけど』

「何かありましたか？」

『家に書類を忘れてきた。会社まで持って来てほしいんだけど、いいかな』

「大丈夫です、書類はどこですか?」

言いながら立ち上がり、書類を探しに向かう。

『俺の寝室の机の上に茶封筒が置いてあると思う』

ちょっと待って下さい、と告げて久仁の寝室に入った。掃除機をかけたり、洗濯物を届けたりするのに久仁の部屋に入ることがあるので、初めてというわけではない。

しかし、例の告白以来、部屋に入るだけでもドキドキする。

理由は、部屋の匂いだ。

久仁はいつも香水をつけている。その香りが部屋にも残っていて、その香りだけでドキドキしてしまうのだ。

『見つかった?』

電話越しの声にさえさらにドキドキして、挙動不審になる。

本人がここにいなくてよかったと心から感謝した。

「ええ、あります。中身、確認した方がいいですか?」

『ああ、そうだね。英語の書類が入ってたら、それでいい』

封はされていなかったので、中を確認すると、言われたとおりの書類が入っていた。

「はい、英語の書類です」

『じゃあ、悪いけれど持って来てくれるかな』

「わかりました、すぐに行きます」

槇はそう言って電話を終えると、茶封筒を手にリビングに戻って来た。

すると、昼寝から目覚めた祐輝がまだぼんやりとした顔でランディーにハグをしていた。

「祐輝くん、起きたんだね」

「うん……、ランディー、ふわふわ。あたたかい」

返事がちぐはぐなのは寝起きのせいだろう。その祐輝の傍らに膝をつき、

「あのね、パパが忘れものをしたから、今から会社に届けに行かなきゃいけないんだけど、祐輝くん一緒に行く？」

そう聞いた。祐輝をできるだけ一人にさせたくないと久仁が言っていたので、祐輝が行きたいと言えば連れて行くつもりだった。

「まきさんといっしょに、パパのかいしゃ？　いく！」

ぱっと笑顔になって即答する。

「ランディーはお留守番だけどいいかな？　ランディーは電車に乗れないから」

「ランディーおるすばん？」

少し考えた顔になって、槇はランディーをじっと見た。そしてしばらくしてから、

「ロングタイム？　おるすばん？」

「うーん、一時間ちょっとかな。それくらいならランディーを一人にしても大丈夫だと思う

けど……」

そう説明すると、祐輝はランディーに、

「ランディー、おるすばん。いちじかん。おねがい」

そう頼んでいる。どうやら槇と一緒に行くことに決めたようだ。

決まると急いで祐輝のお出かけの準備をし、槇も頼まれた茶封筒をしっかりカバンに入れて、ランディーに留守番をお願いして、二人で出かけた。

マンションから最寄り駅まで徒歩五分、そこから電車で十五分、そして電車を降りて会社までは三分だ。

祐輝を連れているので、歩くのは多少ゆっくりになったが、大きなトラブルもなく会社に到着した。

受付で書類を渡して終わりだと思ったのだが、すぐ中に入るように言われた。中に入ると奥から前に会ったことのあるあの美人秘書が急ぎ足でやってきた。

「かいづかさん」

祐輝が秘書を指差し、言う。

「祐輝くんも来てくれたのね。こんにちは、祐輝くん」

どうやら秘書は「かいづか」という名前らしい。前は気付かなかったというか、そこまで見ていなかったが、首から下げているＩＤ証には貝塚《かいづか》沙織《さおり》と書かれていた。

「柳沢さんですね？　御足労をおねがいしてすみませんでした」

祐輝に挨拶をした後、彼女は槇に謝る。

「いえ。これが頼まれていた書類です、ご確認ください」

カバンから出した茶封筒を彼女に渡すと、失礼しますと言って彼女は中を軽く開け、確認した。

「確かに、間違いありません」

「よかったです。じゃあ…」

これで帰ります、と言いかけた時、

「パパ！」

祐輝が言って走りだした。その先には久仁がいて、走ってきた祐輝を抱きとめた。

「おや、祐輝がパパの忘れ物を届けてくれたのか？」

「うん。まきさん、いっしょ」

久仁に抱きあげられた祐輝はそう言って槇を指差した。

当然、それに従って久仁は槇に視線を向けて——槇は石化した。

「わざわざすまなかったね、ありがとう」

言いながら久仁が歩み寄ってくる。

だが、槇はどうしていいか分からなくなった。視線をそらせば不自然だし、だからと言って黙っていても変だ。

「いえ、大丈夫です。祐輝くんが一緒に来てくれたので、心強かったです」

何とか不自然じゃない言葉をひねり出したが、自然にと思えば思うほど不自然になり、

——あれ、瞬きって何秒に一回くらいしてたっけ？

そんなことまで意識しなければならないくらいに、挙動不審だった。

何しろ心臓が頭の中にあるんじゃないかと思うくらい、ドキドキが近いというか、意味不明だがそんな感じなのだ。

とにかく不自然の塊のようになった槙を助けたのは、

「社長、書類はこちらに揃っていますので、再度確認して先方にお渡ししてよろしいですか？」

久仁に確認する秘書の声だった。それに久仁の視線が槙から逸《そ》れ、秘書に向かう。

「ああ、そうして。せっかく来てくれたからお茶でもと言いたいところだけど、ちょっと立てこんでてね。祐輝、パパは今日、帰るの遅くなると思うから、槙くんの言うことをちゃんと聞くんだよ」

久仁はそう言うと祐輝を床に下ろした。

「うん」

笑顔で返事をする祐輝の頭を久仁は撫で、「じゃあね」と手を振る。その久仁に祐輝も手

を振り返し、

「じゃあ、帰ります」

槇はぺこりと頭を下げて、祐輝と振っているのとは反対側の手をつなぐと会社を後にした。

そのまま真っすぐマンションに戻ったのだが、帰る電車の中でも、心臓はまだドキドキしたままだった。


その夜、久仁が帰って来たのはやはり遅くて、祐輝を寝かしつけた後だった。

この前のように久仁の帰りを待たずに帰宅するつもりだったのだが、帰る準備をしている時に久仁が帰って来てしまった。

――ついてない……。

あと十分、いや、五分、久仁の帰りが遅ければ会わずに済んだのに、と思いながら玄関に迎えに出ようとすると、久仁はもうリビングに向かって歩いて来ていた。

その向こうでは迎えに出たらしいランディーがお役御免という様子で祐輝の部屋に戻って行くのが見えた。

「ただいま」

槇が立っているのに気付いて、久仁はいつもの様子で言ってくる。

「おかえり、なさい」

「今日はありがとう。本当に助かったよ」

笑顔で言われても、やはりまともに顔が見られなくて槙はできるだけ不自然にならないように顔ではなくてネクタイの結び目あたりを見ながら言った。

「いえ、大したことじゃないので。えっと、祐輝くん、寝ました。ごはんも残さず食べて……なので、今日はもう片付けも終わったので、帰ります」

言っている途中から、また心臓がうるさくて、これ以上は限界そうで、ぺこりと頭を下げ、ソファーに置いたカバンを取りに行こうとすると、不意に腕を摑《つか》まれた。

それに槙の心臓がひときわ大きく跳ねた。

「…っ…さくら…」

桜庭さん、と槙が言うより早く、

「どうした方がいい？」

久仁が困った顔をして、聞いてきた。

「どう…って、その……」

「君が、俺と顔を合わせるのを気まずく感じてるのは分かってる。この前の夜、余計なことを言ってしまったからね。迷惑だったと思う」

「迷惑、とかは……」

「でも、気まずいんだろう？　君のしたいようにするから、言ってほしい」

真っすぐに槙を見つめて、久仁は言ってくる。

そんな状況じゃないのに、やっぱり格好いいなと、現実逃避のように思った。

「槙くん？」

「え？　あ……えっと、その……」

呆《ほう》けていたのを現実に引きもどされて、槙は慌てて顔を背けた。

不自然云々《うんぬん》はもはやどうでもよかった。

これ以上久仁の顔を見ていると、確実に脳味噌が沸騰して、まともに考えることも——すでに半分くらいは思考停止に近いが——できなくなる。

そうなる前に、失礼は承知の上で、顔を見ない方向でなんとか残っている思考回路を確保するしかなかった。

「僕は、本当に迷惑とか、そういうのはなくて……ただ、戸惑ってるっていうか」

「困らせてる自覚はあるよ」

苦笑する気配があって、槙は自分を落ち着かせるために深呼吸を繰り返すと、久仁を見た。

顔を見ると、困った顔をしているのに、それもやっぱり格好よくて、なんでこんな格好いい人が自分なんかを、と思ってしまう。

そして、思っているそれをこの際、言ってしまうことにした。

「桜庭さんは、きっとすごくモテると思うんです。格好いいし、優しいし……。それなのにどうして僕なのかって…。僕にしても、桜庭さんにいろいろ優しくしてもらって、その上、なんていうか、好きみたいなそういうこと言われて、それで舞い上がっちゃっててまともな判断ができる状態じゃないような気がするっていうか、実際、ちょっと今も頭の中が変で」

槇の言葉に、久仁は小さく息を吐《つ》いた。

「ちょっと、座って話をしよう」

そう言うと真っすぐにソファーへと向かって歩いて行く。

槇の腕を掴んだままなので、当然槇もついて行くことになった。

そして、いつもなら向かい合わせに座るのに、腕を掴まれている関係上、隣に腰を下ろすことになった。

今までにない近い距離感に、それだけでも心臓がパタパタ落ち着かなくなるのに、香水の匂いがやっぱりしてきて、もっと落ち着かなかった。

「とりあえず、一つずつ、君の質問に答えようと思うんだけど、まず、俺が『モテる』っていう部分。実際問題として、それは否定しない。金を持ってるってだけで近づいてくる女性は多いからね」

「お金だけじゃ、ないと思います」

「そうだとしても、俺ははっきりと言ってしまうと、女性にはあまり興味がない。全然ダメってわけじゃないけど、二対八くらいの感じだから、ゲイに近いバイだと考えてほしい。あ、ゲイとバイは分かる？」

「……どっちも大丈夫な人と、同性しかダメな人、ですか」

うっすらとした知識を引きずり出してみる。

「そう。だから、女性にモテても正直微妙でね。で、君にとっては非常に迷惑な話になるけど、恋愛対象としては君がドストライクなんだ。これはどうしてと言われても困るね。好きなものは好きとしか、言いようがないから。理由をつけた方が、嘘っぽくなる」

久仁の口調は落ち着いていて、多分自分の性的指向についてはもう納得しきっているんだろうなというのが分かった。

それを打ち明けた時に、周囲にどう反応されるのかも、理解しているような、そんな感じだ。

「前から、ランディーの散歩で時々、顔を合わせる機会があっただろう？　その時から、ずっと気になってた。犬に襲われた件で連絡先を交換できた時は、君には申し訳ないけどラッキーだと思ったし、散歩の代行をしてると知った時はちょうど散歩のことで悩んでいたから、本当にツイてると思った。その後も正直、君と親しくなりたいと思う気持ちを後押しするようにいろいろあって……町田さんにも君にも、嬉《うれ》しくないことが起きたわけだけど」

そう言って、久仁は自嘲《じちょう》めいた表情を浮かべる。

「俺が告白したことで、舞い上がってるって言ったよね？」

確認されて、槇は少し考えてから頷《うなず》いた。

「本当に、気持ち悪いとか思わなかった？」

それにも、槇は頷いた。

まさか自分が久仁みたいな、格好よくて優しくてお金持ちから好意を寄せられるなんて思ってなくて、自分にそんな価値はないのにと怖気《おじけ》づいて、なんで自分なのかと迷う気持ちでいっぱいにはなったが、嫌悪感は本当になかった。

「じゃあ、ずっと舞い上がっててくれる？　好きなのは今も全然変わってないから」

「……でも、僕は…桜庭さんにお世話になりっぱなしで、桜庭さんの負担にしかならないです」

「正直、俺は今ほど自分がある程度の資産を持ってるってことをラッキーだと思ったことはないよ。おかげで、合法的に雇うって形で槇くんの時間を買えるんだから。これまではお金目当てで群がってくる連中のおかげで、自分の立場に多少嫌気がさしてたからね」

冗談めかしながら言ったあと、

「だから、槇くんのことを負担だとは全く思ってない。槇くんは、俺が思った以上のサービスを提供してくれてる。これは、お世辞でも欲目でもなくね。そこがネックになってるんだとしたら、それは本当に心配しなくていい。もし君が無一文で、それだけじゃなく借金まみれだったとしても、俺は君に惹《ひ》かれたと思うよ。こういう言い方は、奢《おご》りかもしれないけれど、問題がお金なら、それを解決する術《すべ》は多少なりともあるから、俺にとっては問題にならない。君が、君だから好きなんだ。もし君が女性だったら今すぐ婚姻届にサインをして法律的に縛りたいくらいにね」

真面目《まじめ》な顔で、そんなことを言ってくる。

「婚姻届って……」

「同性同士だと、養子縁組をして結婚に代えたりもするけどね……。そこまで考えるくらいには槙くんのことは本気だよ」

槙はどう返事をすればいいのか分からなかった。

「僕は…本当に、桜庭さんに釣り合うような人間じゃなくて……。僕は、両親にも呆《あき》れられて、仕事もうまくいかなくて、一人じゃ本当に何もできなくて……」

そんな自分が、久仁のような人間に釣り合うなんて思えない。

しかし、それに久仁は、

「一人じゃ何もできないなら、俺と二人でなんとかしよう。大丈夫、二人でなら大抵のことは何でもできるよ。だから、何も心配しないで、俺を選ぶって頷いて」

甘い声で囁《ささや》いてきて——槙はもう抗《あらが》えなくて頷いた。

その槙に久仁は優しく笑って、ゆっくりと槙の頬《ほお》を手で包むと、そのまま口づけた。

柔らかく触れるだけの口づけのあと、一度離れた唇が再び重ねられた時には、するりと槙の口腔《こうこう》に舌が入り込んできた。

そのまま、何度も角度を変えながら口づけを続けられて、再び唇が離れた時には、もう槙の体からは力が抜け切ってしまっていた。

ソファーに座っているのに、背骨がドロドロに溶けてしまったような感じがして、抱きとめてくれる久仁の腕の力でなんとか体を起こしていられるというような感じだ。

「……キスだけのつもりだったのに…」

苦笑交じりの声の久仁は、そのまま槙の耳に唇を近づけ、

「ごめん、このまま、俺のものになってほしい」

囁いた。

その言葉の意味が分からないほど、槙も鈍感ではない。

この先のことが分かっていて――槙は頷いた。

それに久仁は槙を強く抱きしめると、

「俺の部屋に行こう」

甘い声で、告げた。

覚悟というほどではないが、キスのその先のことは、ちゃんと分かっているつもりだった。

分かっているつもりだったが、自分がその立場になると正直どうしていいか分からなくて、

固まるしかなかった。

服を脱がされて、ベッドに優しく横たえられて、その間中心臓が信じられない勢いでバクバクしていて、どうすればいいのか分からない。

それどころか、槇をベッドに横たえた後、久仁は自分の服を脱ぎ始めて、正直どこを見ていればいいのかも分からなくて、その上瞬きすらぎこちなくなる始末だった。

「そんなに緊張しないで。無理なことはしないから」

服を脱ぎ終え、槇を見下ろしながら言う久仁に、

「……は、い…」

何とか答えたが、完全にカタコトレベルだ。

それに久仁は苦笑すると、優しく槇の額に唇を落とした。

そしてそのままゆっくりと体を重ねて、額に押し当てた唇を目蓋《まぶた》や鼻の上へと移動させていく。

それはまるで子供をあやすような優しい口づけだったが、素肌が触れあっている感触そのものが恥ずかしくて、槇はパニックを起こした。

歯の根が合わなくて、カタカタ小さな音がする。

その音に気付いて、久仁は唇を離すとじっと槇を見た。

「やっぱり、嫌？　気持ち悪い？」

その問いに槙は慌てて頭を横に振る。

「そ…じゃ、ない…です……」

そう言った槙の言葉の続きを待つように、久仁は黙って槙を見つめる。

そのまなざしに促《うなが》されるように槙は言葉を続けた。

「恥ずかしい、のと……どうしていいのか、分からないのと…その両方で……いっぱいで」

とぎれとぎれになんとかして気持ちを伝えようとするが、うまく言葉が出てこなかった。

「本当に、嫌じゃない？」

改めて確認されて、槙は頷いた。

「嫌じゃないなら、恥ずかしいのは我慢してもらおうかな。どうしていいか分からないのは別に構わないっていうか、むしろそのほうが嬉しいかな」

いたずらな笑みを浮かべる久仁の言っている意味が、前半しか分からなくて戸惑っていると、

「とりあえず、目を閉じて……後は全部、任せてくれればいいから」

ひそやかな声で言われ、槙は言われるままに目を閉じた。

「いい子」

祐輝に言う時のような口調で言った久仁は、そのまま槙の唇に口づけてきた、その口づけはすぐに深いものに変わり、口腔を思う様舐《な》め回していく。

その感触に背中をぞわりとなにかが走って、槙の体が小さく震える。

震える槇の体をそっと優しく撫でる久仁の手や、触れあう肌の感触に、頭は沸騰寸前だった。けれどそれは決して不快ではなくて——不快ではないからこそ、困った事態を引き起こした。

——どう、しよ……。

生理現象なのだから、どうしようもないということは分かっているのだが、下肢に集まりだした熱を何とかできないかと意識すると余計に酷くなる。

もちろんこれからしようとしていることを考えれば、それが至極当然の反応だとも思うのだがやはり恥ずかしくて仕方がない。

口づけに蕩《とろ》けさせられていく意識の片隅で、どうにもできないことなのにどうにかしようと必死で考えはじめた時、

「……っ！」

槇の思考が弾《はじ》けた。

——手…が……。

体を撫でていた久仁の手が反応し始めていた槇自身に直《じか》に触れたのだ。

「嫌？」

唇が離れ、久仁が聞いた。

その言葉に目を開いた槇だったが、何を聞かれたのか分からなかった。

「……え…」

「泣き出しそうな顔してるよ」

困ったような顔で言われて、槇は小さく頭を横に振る。

「恥ずかしくて……」

「本当にそれだけ？」

もう一度確認されて頷いた。

「わかった。じゃあ、やめないけどいい？」

応える代わりに、槇が再び目を閉じると、唇が頬に触れてそれと同時に手の中の自身を扱《しご》かれた。

「……ぁっ、あ」

「そのまま、感じてて」

唆《そそのか》すような声とともに、久仁の手の動きが淫《みだ》らさを増す。

昂《たかぶ》った槇自身からはすぐに先走りの蜜が溢《あふ》れて、久仁の手が動くたびにぬちゅっと濡《ぬ》れた音が響いた。

「…っ…あ、あっ」

その音のいやらしさにいたたまれなくなるのに、どんどん熱を煽《あお》られて、槇自身からはとめどなく蜜が零《こぼ》れ落ちる。

「や…ぁっ、あ、あ」

「気持ちいい？」

「……もち、い…あっ、だめ、そこ……」

先端を指先で苛《いじ》められて、逃げ出したくなるくらいの快感が槙の体を走り抜ける。

「ああっ、あ…っ、あっ」

さらに溢れる蜜をまとわりつかせて、わざとのように音を立てながら久仁は槙自身をさらに苛めるようにして扱きたてる。

「や…あっ、あ、も…だめ……だめ…」

「こんなにビクビクさせて……もういきそう？」

耳に唇を触れさせながら、囁きを吹き込んでくる。

その声にも感じて、槙はガクガクと頷いた。

「い、く……、あっあ…あぁっ、あ、だめ、出ちゃ…っ、ああ」

「いいよ、いっぱい出して……」

唆す声とともに先端を強く擦《こす》られて、槙の体が大きく跳ねた。

「——ぁあっ、あ…！　ああっ」

ひくっひくっと何度も体が跳ねて、それに合わせるように蜜が溢れる。

頭の中が真っ白になって、目に映っているはずの久仁が認識できなかった。

「可愛い……」

うっとりとしたような響きの声が降ってきて、ぼんやりと焦点が像を結ぶ。綺麗《きれい》な、けれど雄の顔をした久仁がじっと自分を見つめていて、その様子にまた、体が震えた。

「本当に可愛いなぁ……」

笑った久仁の手が、するっと後ろに伸びて、何の予告もなく濡れた指が一本、槙の中に入り込んできた。

達した直後で緩みきった体が難なくその指を受け入れてしまったが、指が入りこんだ場所が場所だけに、槙は軽いパニックになった。

「ぇ…あ…なに、なんで……」

「男同士だと、ここを使うんだ」

初めて知らされた事実に、槙の顔から表情が抜け落ちる。

「そん…な……無理…」

「無理そうならやめる。絶対に君を傷つけるようなことはしないから…大丈夫」

安心して、と続けながら、入りこませた指で中を探る。

痛みはないものの、違和感しかなくて、内臓を直に触られるようなというか実際にそうなんだろうが、それが気持ち悪くて、眉根が寄ってしまう。

だが、その指先が中のある場所を突いた時、

「ん……っ、あ⁉　あっ」

槇の中に変な感覚が湧いて、思わず久仁を見た。

久仁は槇の様子に唇の端を少し持ち上げて笑うと、同じ場所を指でもう一度突いてきた。

「やっ……ぁ、あっ、な、に……!?」

「無粋《ぶすい》な説明はまた後でね。でも、気持ちよくなっていい場所だから、安心して」

それだけ言うと、中の指で弱い場所を容赦なくいじり始めた。

「あ…っぁ、あ、だめ……、あっ、あ、だめ、やぁ、あっあ……」

自身に触れられていた時とは違う、それ以上の気持ちよさに襲われて、それが怖くて槇は声をあげるが、恐怖以上の悦楽が槇の思考を塗りこめていく。

「も…やめ……、あっ、ああっ、あっ」

中を穿《うが》つ指が増えて、圧迫感に襲われる。だが、受け入れたそこはまるで喜ぶようにひくついた。

体が勝手に震えて、声も抑えられなくて、そのまま蕩けてしまいそうな錯覚に陥る。

「や…ぅ…、あ、あ……」

槇の中を散々いたぶった指が、不意に引き抜かれていく。

消えた圧迫感と止《や》んだ刺激に安堵《あんど》したのもつかの間、体だけが暴走したように中がひくついた。

「……っ…ぁ」

そんな自分の思ってもいなかった変化に、槇の顔が泣き出しそうに歪《ゆが》む。

「大丈夫…怖がらないでいいから」

宥《なだ》めるように声をかけた久仁は、槇の足をしっかりと開かせて抱えるようにすると、ひくついたその場所に自身の先端を押し当てた。

「……っ…」

「力、抜いてて……まあ、入らないだろうけど」

その言葉とともに、ズズッと狭いそこを広げるようにして体の中に久仁が入りこんできた。

「あ…っ…あ、あ！　あ……！」

ゆっくりと、けれども確実に中を犯していく熱塊は、ひくつく槇の襞《ひだ》を煽るように擦っていく。

「んっ…あっ、あ……っ、あ」

時間をかけて根元まで埋め込むと、久仁はそこで一度動きを止めた。

槇は頭の中がほとんど真っ白で、荒く息を継ぐので精一杯だった。しかし、体は受け入れた久仁自身を締め付けて離そうとしないどころか、まるでねだるように蠢《うごめ》いた。

「……ぁ」

そんな自分の体の動きにいたたまれなくなった瞬間、久仁が揺さぶるようにして腰を使い始めた。

「や…あっ、あ、だめ…これ……だめ……」

「もっとだめになって」

「あっ、あ……ああっ！」

グチュグチュと濡れた淫らな音を立てて、槇の中を久仁の熱塊が無遠慮に掻《か》きまわす。

底なしの快感が槇をどこまでも引きずり落として、もう感じる以外のことはなにもできなくなった。

「あ…っ、あ、…もち、い……っ、やぁっ、あ、だめ、また…あ、あっ」

「またイきそう？　何度でもイっていいよ……何度でもイかせてあげるから」

言い終わらないうちに、叩きつけるような動きで抽挿《ちゅうそう》を繰り返す。

浅い場所まで引いた熱塊の先端が、奥に入り込む時にはあの弱い場所を苛めるように擦りあげてきて、そのたびに槇の体が痙攣《けいれん》して、頭の中が白く点滅する。

「あっぁっ……、っ…、あ、あ――っ」

ガクンと大きく体が震えて、最初にイかされたあと触れられてさえいない槇自身が後ろからの刺激だけで、また蜜を吹き零した。

「あああっ、あ！　あっ、待って…今…イっちゃ…あ、あ」

「うん、分かってる、でも、止まらない」

達している最中の体をぐちゃぐちゃに攪拌《かくはん》するようにされて、槇は達した状態のまま戻れ

なくなった。

「い…ぁ……っ、あ、あ、あっ、まっ…た、イ…っ……、あっ、あああっ、あ……っ」

体中が不規則に痙攣して、もう何が何だか分からなくなって、頭がおかしくなりそうだった。

「キツ……」

眉根を寄せた久仁が低い声で呟いた瞬間、体の奥で熱が弾けるような感触がした。

「あ…あ、あ……」

その感触に切れ切れの声をあげる槙を、どこか満足そうな表情で久仁は見つめた。

――きれいな、ひと……。

そんな久仁を見て、そう思ったのを最後に、槙はそのまま糸が切れるように意識を失った。

6

「まきさん、おやすみなさい」

「うん、おやすみなさい」

リビングのソファーに座している槙に、祐輝は軽くハグをすると、久仁に手を引かれてランディーをお供に自分の部屋に戻って行く。

久仁と、口にするのもおこがましいのだが「おつきあい」をすることになって一週間。交際初日にエッチをしたので、エッチからも一週間なのだが、久仁との関係は良好というか、世間一般で言う「ラブラブ」なんだろうと思う。

『少しでも長く一緒にいたいんだけどな』

という、久仁の主張で、槙は祐輝が寝るまで桜庭家にいることになった。

いや、正確に言うと祐輝が眠って、その後久仁と一緒の時間を持ってから帰るというのが槙の新しい生活サイクルになった。

槙が毎日長い時間桜庭家にいるようになって、祐輝は喜んでくれた。

お風呂と寝かしつけは基本的に交代ですることになり、今日は槙が一緒にお風呂に入ったので寝かしつけるのは久仁になった。

久仁が祐輝とリビングを後にして二十分ほどが過ぎた頃、久仁がリビングに戻って来た。

「祐輝くん、寝ました？」

「ああ。何とか頑張って鬼が島に向かって船出したんだが、鬼には会えなかったな」

久仁は笑って言いながら、槇の座しているソファーに歩み寄ると、隣に腰を下ろした。正直、それだけのことでもまだドキドキする。

顔を見るだけで一仕事だった時期からすると格段の進歩だが、まだまだ久仁とそういう関係であるということに慣れない。

「今日も一日お疲れ様」

「ありがとうございます。桜庭さんも、お仕事お疲れさまでした」

労《ねぎら》いの言葉に、労いで返すと、久仁は優しく笑った。

「忙しいのは否定しないけど、そんなに疲れてはいないよ。家に帰ったら、君がいてくれるからね」

綺麗な顔でそんなことをさらりと言ってきて、本当に心臓に悪いと思う。

「いるだけでいいって、空気清浄機みたいな役目ですね」

照れているのをごまかすように言うと、

「マイナスイオンも出てると思うよ」

久仁は笑いながら返して、

「仕事はどう？」

そう続けて聞いた。

「雇用主の満足度は分かりませんけれど、一日のルーティンワークには慣れました」

町田はあともう二週間休むことになった。

町田自身はそんなに長く休ませてもらうのは申し訳がないから、新しい別の人を探してくれと――つまり、辞職を切りだしたらしいが、久仁はそれを受け入れなかった。

町田に働く意思が全くないのなら諦《あきら》めるが、体はもう少し休めば治るのだし、治った時にまた働けるのであれば、日数や時間を減らしてでも頼みたいと伝えたらしい。

「槇くんの仕事には充分満足してるよ。ただ、今聞いたのは本業の方」

その言葉に、槇はそっちの方か、と苦笑した。

「下げ止まったままから、変化なしっていう感じですね。平日にしつけ教室を少し前にやってみたんですけど、土日にお勤めの人が参加してくれたりしたので、それなりに需要はありそうでした。でも……定期開催にするには怖い感じで」

「そうか……。でも、今が底で、その底でもあまり悲観的な顔をしてないから安心していいのかな」

「ここでお仕事させてもらってるからですよ、それは。そうじゃなかったら、今頃どうしてたか分からないです」

「そうじゃなかったら、俺が囲ってたな。それこそ悪代官みたいに槇くんを手込めにして、帯を引っ張りながら高笑い、みたいな」

槇を元気づけるために冗談を返してきた久仁に、

「……お仕事、相当忙しいんですね。そんな変な妄想が出ちゃうくらい」

と、笑って返してみたのだが。

「そう、忙しいから少し癒してもらいたいな」

その言葉とともに抱き寄せられた。

「……藪蛇《やぶへび》でしたね…」

自嘲しながら槇が言うと、

「そんなことはないよ。どうにか理由をつけてハグをするつもりだったから。チャンスを逃《のが》さなかっただけかな」

笑みを含んだ声で返しながら、久仁は抱き寄せる腕の力を強くする。

いつもの香水の香りと、触れあっている場所から伝わる体温に心臓はどうしようもなくドキドキし始めたが、それと同時に心の底で安心を覚えている自分にも槇は気付いた。

——桜庭さんに頼りきっちゃだめなのに…。

頼ることに慣れて、自分の足で歩けなくなるのが怖い。

親にも呆れられた自分が、久仁のような凄い人とずっと一緒にいられるわけじゃないのだから。

だから、甘えちゃダメだと思うのに、心地よい腕の中から逃げ出せる気が、まったくしなかった。

◇◆◇

ランディーの散歩は、このところずっと祐輝と一緒だ。

代行の仕事が減って、グループでの散歩をしていた犬も、単独状態になることがほとんどで、ランディーも単独状態だった。

単独でこの後が詰まっているというわけでもないので、祐輝が疲れたら少し休憩することができるし、祐輝をマンションに一人にしないで済むので、ちょうどよかった。

ランディーも、祐輝が一緒だとやはり嬉しい様子で、槇と二人きりの時よりも尻尾《しっぽ》の振り方が違う。

いつもの公園をぐるりと回って、祐輝の休憩をかねて近くのドッグカフェに行こうとした時、

「あ、チロ」

祐輝が、向かいから若い青年と一緒にやってくる犬を指差した。

それは、以前ランディーと一緒に散歩をさせていたキャバリア犬だった。

——ああ、今は彼が代行してるのか……。

代行と言っても、恐らくは大学生でアルバイトだろう。連れている犬の数も小型犬ばかりだが七頭と多く、チロだけではなく、槇が散歩をさせていた犬も他に三頭いた。

その犬たちは槇に気付いて足を止めたが、

「行くよ」

青年がリードを引っ張り、歩くように促す。

その引っ張り方が槇には少し乱暴に思えた。

多分、知識などはほとんどなくて、ただ歩かせればいいと思っているのだろう。一頭一頭に気を配るなんてことも、なさそうだ。

そうでなければ七頭を一度にというのは考えられない。

もっともそれだけの頭数を一度にこなすから、あの値段でもやっていけるのだろうと思うが、槇にはできそうもない。

散歩に対しての考え方が違うからだ。

「チロ、もういっしょ、しないの？」

祐輝が不思議そうに聞いた。

「うん。今は別の人が散歩してくれてるんだよ」

槙はそう説明しながら、チロが去っていくのを少しの間じっと見ていたが、

――あれ？

その歩き方に違和感を覚えた。

――歩様《ほよう》がおかしい……？

もちろん、他の犬がいて歩きづらいからなのかと思えなくもないが、キャバリアは股関節に異常が出ることの多い犬種だ。

槙が散歩していた時は、必ず歩様を注視していた。

――ううん、遠目だったし…。

「まきさん、どうしたの？」

足を止めたまま逡巡《しゅんじゅん》していた槙に祐輝が声をかけた。

「ああ、ごめん。たくさんいたなと思ってね」

「うん、いっぱい」

「じゃあ。休憩しに行こうか」

――たまたまってことも、あるし。

そう見えただけだったとか、いろいろある。

自分にそう言い聞かせて、槙はランディーと祐輝を連れて歩きだした。

家に帰ってからも、槇の頭からはチロの姿が離れなかった。

――もう、僕の手を離れたんだし……。

それに飼い主と連絡を取るのも少し気まずい。

槇も気まずいが、向こうも同じだろうと思う。

「……今日はずっと浮かない顔をしてるね。何かあった？」

祐輝を寝かしつけたあと、二人でリビングにいる時に、不意に久仁にそう聞かれた。

「え？」

「気付いてない？　夕食の時から、時々考え込むような顔をしてたよ」

「あ……、ちょっと仕事のこと考えてました」

気付かれているなら嘘もつけなくて、無難に大ざっぱな言葉でくる。

「むやみに先のことを考えるのはあまりよくないよ。それに、一人で悩むのもね」

「ありがとうございます。先のことというか……来週のスケジュールのことを考えてただけです。一件、トリミングを紹介してもらえて」

それは嘘ではない。いつもトリミングをさせてもらう柴犬の飼い主が、友達の所の柴犬も頼めないかと言ってきてくれたのだ。

それで一度会わせてもらうことになっていた。もちろん、そのことで悩んでいたわけではないが、とりあえず久仁は納得してくれた様子だ。

「それならいいんだけど……。少し話は変わるけど、うちにいてもらう時間を増やしてもらってるだろう？　それは槙くんの負担になってない？」

確かに、槙が桜庭家にいる時間はかなり長い。

朝、九時半に来て夜十時半ごろまでいる。とはいえ、その間中ずっと働きづめというわけではないし、夕食の支度の後はほとんどくつろぎタイムだ。

「大丈夫ですよ。休憩もちゃんとさせてもらってますし」

何の問題もなくてそう返したのだが、久仁は、

「前から思ってたんだけど、今は家には眠りに帰るだけになってるんだから、うちに越してこないかと思ってね」

そんなことを言いだした。

「それは……」

「うちには使ってない部屋もあるし、出勤時間の短縮にもなる。もちろん、町田さんが復帰してきても、そのままいてくれればいい。ルームシェアって、よくあるだろう？　祐輝もきっと喜ぶ」

それは魅力的な言葉だった。

実際、今はアパートに眠りに戻っているだけなのは事実だ。

「本当に、ありがたい話だと思います。でも、そこまで甘えられないです」

槇ははっきりと断った。

それは久仁に負担をかけたくないというよりも、久仁に依存することが怖いからだ。

久仁との関係がダメになった時、依存度が高ければ高いほど、その後のことが怖い。

――お兄ちゃんと違って、本当に何もできないんだから――

子供のころから言われ続けた言葉だ。

何もできない自分には、甘える権利などないと昔から分かっている。

分かっているのに、久仁の優しさに溺《おぼ》れてしまいたくもなる。

――気をつけなきゃ。

分不相応と思われて、嫌われないように。

槇が自戒していると、

「残念だな。朝から槇くんの声で目覚めるっていう新婚気分を味わえるかと期待してたんだけどね」

久仁はそう言って笑ったあと、

「いつでもウェルカムだから、気が変わったらすぐに教えて」

きっと祐輝も喜ぶから、とそう付け足した。

それに、ありがとうございます、と返しながら、なぜか胸がチクチク痛むのを感じた。

その三日後、久仁は打ち合わせで帰宅が遅くなった。

前日からそう言われていたし、夕食も食べて帰ると言うので夕食も祐輝と二人きりだった。それは槇が来てから初めてのことだったが、祐輝は特に寂しがる様子もなく、いつも通りに一緒にお風呂に入り――今日は久仁がいないので、寝かしつけも槇がした。

今日は「かぐやひめ」を読んだのだが、やはりかぐや姫が月に戻る前に眠ってしまっていた。

「祐輝くん、おやすみ」

そっと声をかけて祐輝の部屋を後にし、リビングで帰り支度を整えているとエントランスのコンシェルジュから内線で連絡があった。

『会社の貝塚様とおっしゃる方がいらっしゃっていますが』

言われた名前に聞き覚えがあり、一瞬考えて久仁の秘書を思い出した。

「桜庭さんはまだお戻りではないんですけど、どういった御用件か聞いていただいていいですか？」

そう聞いた槇に、よければご本人と替わりましょうかと言われそうしてもらうことにした。

『夜分、申し訳ございません、貝塚です。社長は御在宅でしょうか』

聞こえた声は、やはり貝塚のものだった。

「すみません、桜庭さんは打ち合わせからまだお戻りではなくて」

槇がそう返すと、

『え……？』

やや戸惑ったような声を出したが、すぐに、

『そうでしたか。お忘れになった書類をお持ちしたのですが』

そう続けた。

「僕がお預かりしてお渡しするのでよければ、受け取りに行きますが、大丈夫ですか？」

『お願いできますか？　ここでお待ちしておりますので』

その言葉にすぐに行きますと言って受話器を置くと、槇は部屋を後にし、エントランスフロアまで急いだ。

到着すると、貝塚はエントランスフロアに置いてあるソファーセットに座していたが、槇が来たのを見つけるとすぐに立ち上がり歩み寄って来た。

「わざわざ降りてきていただいて申し訳ありません」

そう言うと手にした書類を槇に差し出した。

「こちらの書類を社長にお渡しください。明日までに目を通して下さるようお伝えいただけますか」

「分かりました、明日までに、ですね」

「はい。柳沢さんがいて下さって助かりました」

貝塚の言葉に、槇は少し引っかかっていたことを思い切って聞くことにした。

「あの、桜庭さん、今日は打ち合わせじゃないんですか？」

電話で打ち合わせだと言った時の貝塚は明らかに戸惑った様子だった。

だが貝塚は、今はまったく様子を変えずに頭を横に振った。

「いえ、私が明日の予定と勘違いしていただけです」

「そうですか」

「はい。では、書類よろしくお願いします」

貝塚はそう言って会釈をすると、そのまま帰って行った。

エントランスを出て行く後ろ姿も隙《すき》がなくて、所作も一つ一つが美しい。

美しいのはそれだけではなくて、もちろん顔立ちも、スタイルもだ。

——桜庭さんと並んでも全然見劣りしないっていうか、お似合いっていうか……。

そもそも久仁は割合的に低いとはいえ、女性も大丈夫だ。

それを考えれば貝塚は、祐輝も懐いているような様子だったし、自分なんかよりも条件はかなりいいはずだ。

そう思うと物凄くモヤモヤした。

そのモヤモヤを抱えながら、槇は部屋へと戻った。

久仁の様子は、その翌日から変だった。

変というか、携帯に電話がよくかかってくるようになった。それに以前はその場で出たのに、部屋に引き上げて話している。

聞かれたくない話だということは明らかで、槇のモヤモヤは増した。

——仕事の込み入った話かもしれないし。

納得するために自分にそう言い聞かせてみても、なんとなくそうじゃない感じがあって、モヤモヤの解消はされないままだ。

この日も槇が祐輝とお風呂を終えて出てくると、久仁はリビングで電話中で、面倒臭いといった顔をしていた。それは電話がかかってきて相手の確認をした時によくしている表情と同じだった。

「パパはお仕事の電話中みたいだから、僕と一緒に寝ようか」

祐輝にそう声をかけると、祐輝は頷いて、電話中の久仁に小さな声で「ナイナイ」と言って軽く手を振った。

それに久仁が笑顔で軽く手を振り返してくるのを確認してから、槇は祐輝と一緒に子供部屋に引き上げる。

祐輝を寝かしつけてリビングに戻ってくると、久仁は電話を終えていた。

「ごめんね、寝かしつけは俺の番だったのに」

「いえ、大丈夫です。電話をしながら、絵本を読むのは無理ですし」

そう言いながらソファーに座す久仁に歩み寄り、その隣に腰を下ろす。

久仁はいつも槇の本当にすぐ隣に腰を下ろしてくるが、槇にはそれは恥ずかしくてできないので、少しだけ離れて腰を下ろす。

「この距離感が奥ゆかしくて仕方がないんだけど？」

笑って言う久仁からは、電話をしていた時の難しい様子は少しも感じられなかった。

「ヤマトナデシコ的なものを目指そうかと思って」

そう返しながら、最近よくかかってくる電話について聞いてみようかどうか悩む。

仕事の話だと思うというか、思いたいのだが、これまで頻繁に仕事の電話がかかって来たことはなかった。

それに、電話が頻繁になったのが貝塚が書類を届けに来た翌日からだというのも妙に引っかかった。

——貝塚さん、打ち合わせだって言った時、明らかに変だったし。

勘違いしていたというが、あのしっかりしてそうな人が？　と疑問だ。

貝塚が管理していないスケジュールだったとすると、久仁のプライベートでの外出だったのだろうと思う。

そのプライベートの外出の後で頻繁にかかってくるようになった電話。

もちろん、その電話がすべて同一人物からのものだとは限らないが、もしそうだとすればさっきの電話の時の表情からして厄介な相手、もしくは厄介な条件での電話なのだろうと思う。

プライベートで、厄介な相手、または状況。

そしてこの前の、プライベートでの、槇に「打ち合わせ」と嘘をついていたこと。

それを考えると槇に知られたくない相手と会っていた、ということになる。

——ていうか、桜庭さんのプライベートの友達なんて全然知らないけど。

そう思うと面白くないのが増してきた。

「どうしたの？　難しい顔をして」

どうやら顔に出ていたらしく、久仁に聞かれた。

「なんでもないですよ？」

「なんでもないのに、黙ったままで難しい顔？　本当は、何を考えてた？」

問われて、直球で聞き返していいものかどうか悩む。

——最近の電話、なんですかって聞いても、仕事って言われたらそれ以上突っ込める自信ないし……。

ここは遠目からじわじわ責めてみよう、と口を開いた。

「このまえ、貝塚さんが書類を持って来てくれたじゃないですか」

「ああ、そうだったね。槇くんが受け取ってくれていて助かったよ。大事な書類だったから」

「初めて、桜庭さんの会社に行った時からずっと思ってたんですけど、貝塚さんって本当に美人ですよね。所作も洗練されてるっていうか、頭も凄くよさそうだし」

じわじわ責めるつもりだったのだが、見切り発車で口を開いてしまったため、本来の目的からは随分遠いところを入口にしてしまった。

——軌道修正して、話を電話にもっていかなきゃ……。

そう企《たくら》んでいたのだが、久仁は、

「ああ、そうだね。貝塚さんは美人だと思うよ。……もしかして、俺と彼女のことを疑ってるのかな？」

そう返してきて、槇は慌てた。

「別に疑ってるとかそういうんじゃないっていうか……」

「じゃあ、嫉妬《しっと》してくれてるとか？」

笑顔で聞かれて、槇は咄嗟《とっさ》に言い返せなかった。

違う、とも言えない。

かといって『嫉妬』でもなくて、単にあんな美人なら少なくとも自分よりは久仁と釣り合いが取れると思って、それに対する劣等感があるというのが正しいだろう。

でもそれを言葉にすることもできなくて、黙ったままになっていると、

「そういうところが本当に可愛い」

言葉と同時に抱き寄せられて、口づけられる。

軽く触れるだけのキスを何度か重ねたあと、久仁は額を合わせたまま、ひそやかな声で聞いた。

「今日は、泊ってくれる？」

その意味を悟って、槇は頭に血を上らせる。

はい、と答えたら積極的みたいだし、だからといって嫌だと言えば拒絶していることになる。

拒絶したいわけではないが、そういうことに積極的とみなされるのは恥ずかしくて答えられずにいると、

「まあ、帰るって言っても帰す気はないんだけどね」

笑みを含んだ声でそう言って、槇の鼻の頭に軽く口づけてから立ち上がる。そして、槇へエスコートするように手を差し出した。

「一緒に来て？」

疑問形で聞いているものの、それは「ついておいで」と促すものだ。

槇は戸惑いながらも、その手に自分の手を重ねた。

久仁とそういう関係になったとはいっても、そういうことをした回数は少ない。

少ないというか、初めての時と、この前の週末のまだ二度だ。そして二度目となった週末の時は、挿入はなかった。

初めての翌日、槇が多少大変な状態になって、

『ごめんね。初めてだって分かってたから手加減するつもりだったんだけど、無理だった』

そんなことを言いながら、久仁は痛み止めを差し出してきた。

痛み止めを飲んだあと、客間に運んでもらい――久仁の部屋で寝ていると祐輝に不思議がられてしまうので――昼近くまで寝ているしかなかった。

祐輝には久仁が『昨日の夜、急に頭が痛くなったので泊ったんだよ。今日もまだ頭が痛いみたいだから、静かにしていてあげてね』と言い聞かせてくれていたので、特に疑問に思うことはなかった様子で、むしろ心配してベッドの側《そば》にランディーと一緒に座って、大人しく絵本を読んでくれているのが申し訳なかった。

そんなわけで、二度目の時は挿入はなくてスマタだったのだ。だが、

「今日はしてもいい？　ちゃんとしたローションも買ってあるし」

ベッドの上、体を重ねてきた久仁が聞いてくる。

だが、正直答えられるわけがなくて、目を泳がせていると、

「本当に可愛くて、ズルいよね」

微笑《ほほえ》みながらそんな風に言って、久仁は口づけてくる。

するりと唇を割って入りこんできた舌が、槙の舌に柔らかく触れた。その感触に槙の体が震えたが、久仁はそのまま槙の舌を搦《から》め捕《と》るようにして舐め回す。

くちゅっと濡れた音が、やけに生々しく聞こえて恥ずかしかった。

「……っ…ん…、んっ」

だが、その恥ずかしさも続けられる口づけの甘さに蕩かされて、されるがままになるしかない。

唇の端からはずみで唾液が零れて、その感触の淫靡《いんび》さがさらに槙を追い詰める。

「……っ…ぁ、は…、あ…っ…あ」

ちゅるっと音を立てて軽く舌を吸われ、そのまま唇が離れる。

離れていった久仁の濡れた唇が酷くいやらしいもののように見えた。

「本当に可愛い…。ここも」

言葉と同時に手が伸びたのは、槙自身だった。

口づけに反応していた自身は緩く立ち上がっていて、久仁が包み込んだ手を少し動かしただけで、槙の体は甘い刺激に大きく震えた。

「……っ！」

ゆっくりと扱かれて、決して激しい刺激ではないのに槇の先端に蜜が浮かぶと、あっという間に零れ落ちた。

「あ…っ、あ、あ……っ」

けれど、久仁は中途半端に槇を煽っただけでその手を離してしまう。

何か気に障ることをしたんだろうかと槇の中で不安が頭をもたげ、恐る恐る久仁を見ると、久仁は見たことのないプラスチックボトルを手にしたところだった。

ボトルの蓋を開け、槇に見せつけるようにして高い位置から自分の掌《てのひら》へと落とす。透明な液は粘性が高いのか、ゆっくりと糸を引いていた。

「イっちゃうまえに、後ろを慣らしておかないとね」

微笑んで言う。

その顔は艶《つや》めいていて、その表情だけでも槇の鼓動を跳ねさせる。

恐らく、今の自分はあからさまにどうしていいか分からないという表情をしているのだろうと槇は思う。

そんな槇に久仁はボトルをベッドのサイドテーブルに置くと、掌に出したローションを指先ですくって見せる。

「そのまま、じっとしてて……」

内緒ごとを話すようなひそやかな声で言い、久仁はローションを絡《から》めた指を槇の後ろへと伸ばした。

ぴとっと押し当てられた指の濡れた感触に槇の頬が羞恥《しゅうち》で赤く染まる。

「大丈夫だから……」

指先がゆっくりと槇の中に入りこんでいく。ローションの滑《ぬめ》りのおかげで、痛みもなく指は中に入りこんできた。

「ほら、大丈夫だろう？　君が悦《よ》くなれる場所をちゃんとしてあげるから、ね？」

優しく言い聞かせるようにしながら、久仁は中の指をゆっくりと動かし始めた。

初めての時に暴かれたその場所を確かめるようにして、指先で擦りあげる。

「あぁ…、ああっ、あっ」

背筋を甘い痺《しび》れが走って、肌が粟立《あわだ》つ。

指先はその場所から離れることなく、コリコリと軽くひっかいたり、押したりを繰り返してきた。

「ああっ、あ、そこ…あっ、あ」

ヒクッと足が無意識に痙攣するように動いてしまう。それはそのまま槇が感じていることを久仁に伝えてしまい、久仁は指を増やしてさらにその場所を弄《もてあそ》ぶように愛撫《あいぶ》する。

「ゃぁあっ、あっ」

「いい？」

「い……ぁ、あぁっ　あ…あ！」

久仁の指の動きに合わせて、ぐじゅぐじゅと濡れた水音が派手になる。無論、槇の体を翻《ほん》弄《ろう》する悦楽も強くなった。

「やぁっ、あ、も…あっああ」

中途半端に煽られた槇自身が、後ろからの刺激に蜜をしとどに溢《あふ》れさせ、後ろまで滴《したた》る。刺激が強すぎて逃げたいのに、気持ちがよくて中が指先をしっかりと締めつけているのも分かる。

「…っ、あ、ァ……！　あぁっ、だめ…も……」

達してしまいそうになって、つま先がキュッと丸まった。

だが、久仁はその寸前で指を引き抜いてしまう。

「……ぁ…あ」

突然なくなった刺激に槇の体が不完全燃焼を起こしたように焦燥感にかられる。久仁を見た目には非難が混じっていたのだろう。

「大丈夫、ちゃんとしてあげるから」

久仁は言いながら、猛《たけ》った自身をさっきまで指で弄んでいた槇の後ろに押し当てた。

その感触に槇の体が淫らな期待で震えた。その槇の体の中を、ずずっと熟れた襞を擦りながら久仁自身が入りこんでくる。

指とは比べものにならない、圧倒的な存在感には息が詰まるほどなのに、初めての夜に刻みつけられた悦楽の記憶が飲み込むことを容易にさせてしまう。

「…ふ…、っ……」

指で弄んでいた場所を数回先端で突きあげると、そのまま奥までズリズリと絡みつく肉襞《にくひだ》を掻き混ぜるようにしながら入りこんだ。

「全部、入ったよ……大丈夫?」

槇の顔を見下ろしながら、指先でそっと槇の頬に触れる。

「……だ、い…じょうぶ…」

体の中で自分の鼓動とは違うリズムで脈打つものがある。

それを感じた途端、後ろがキュッと勝手に窄《すぼ》まった。

「本当に君は…可愛すぎてどうしようもなくなる」

囁きとともに久仁は絡みつく襞を引きはがすようにして腰を揺らす。

ぬちゅっと濡れた音を響かせながら、何度も揺さぶるようにしながら奥を突きあげた。

「…や…、あ……っ」

最奥を突きあげるとそのまま左右に擦りつけるように腰を使ってきて、槇の体が小さく何度も跳ねる。

「あっあ……、あ、い…あっ、あ」

あげるつもりもないのに、槇の唇からは甘い声が零れて止まらなくなる。その声に目を細めながら、久仁は動きを少しずつ大きくしていく。

中ほどまで引き抜いて、グチュッと音を立てながら最奥まで。そしてまた引き留めようとする襞を無視して今度は浅い場所まで引いてくると、弱い場所を執拗に繰り返し先端の括《くび》れでひっかけるようにして擦りたててくる。

「ぁあっ、あっ……、んっあ、あっ」

イく寸前まで追い上げられていた槇自身が、弱い場所を擦られるたびに達しているのと変わらないような白濁の混じった蜜をとぷとぷと溢れさせる。

「やぁっ、あ、だめ、やぁっ、あ」

「ダメになっちゃいそうなくらい、イイ？　いいよ、ダメになって」

甘い声で言いながら、久仁は大きな動きでの抽挿を繰り返した。

「だ……め、いやっ、あ、や……あっ、あぁっ」

気持ちがよくて、とろとろにとけてしまいそうになる。

それなのに、久仁はジュブジュブと派手な音を立てながら、さらに強く腰を使ってきた。

「やぁっ、あ、だめ、いく……、あっ、あ」

腰が不規則にガクガクと震えだして、もう、止められなかった。

「やぁぁあっ！　あっ、あ」

槇自身が弾けて、蜜が飛ぶ。

それと同時に後ろが強く窄まった。その中を久仁は動きを止めず容赦なく犯し続ける。

「い…っ…あ、いゃ…あっ、とまらな…っ、あっぁっ」

絶頂が去らなくて、槇自身からは蜜がとろとろと溢れたままになる。

気持ちがよすぎて、頭が沸騰しそうで、槇は無意識に逃げようと腕を持ち上げようとした。

しかしその腕をしっかりと押さえこみ、久仁は早い動きで抽挿を繰り返した。

「あ――ぁっ、あ、や……っあ、も…あっ、あ」

体はガクガクと震え続けて、何度も何度も達してしまう。

気持ちよすぎて苦しいのに終わりがなくて、自分がどうなってしまうのかもわからない。

「出す…から……全部、受け止めて」

低く掠《かす》れた声で告げられたその言葉を理解するより早く、体の中でビュルッと熱が広がった。

それは幾度にも分かれて放たれて、そのたびに槇の体が震えて達する。

最後の一滴まで注ぎこんで、しとどに濡れた中を掻き混ぜるように一度腰を回してから、久仁はゆっくりと自身を引き抜いた。

にゅぷっと音を立てて熱塊が引き抜かれた後ろから、注ぎこまれたばかりの精液が零れ落ちる。

その後ろに蓋をするように久仁はまた指を入れてきて、

「いつか、ずっと抜かないままで朝まで君を愛してみたいな……」

物騒なことを甘い声で囁きながら、優しい口づけを顔中に降らせてくる。

それにどう返事をしていいのか分からなくて——ただ槇は触れてくる唇の感触に目を閉じ、
そのままゆっくりと倦怠感《けんたいかん》が連れてきた眠りに身を任せた。

7

結局、久仁に電話については何も聞くことができなかった。

その久仁の様子も相変わらずというか、少し悪化しているようにも思える。以前は電話の後、部屋を出てくる時にはそんなに変化はなかったのだが、今は機嫌が悪そうというか難しい顔をしたままのことが多い。

かといって、聞いたところで自分のモヤモヤが解消されるだけで、槙が久仁の手助けをできるわけでもなさそうなので、話してくれるまでは聞かずにいようと決めた。

そんな槙は槙で、別のことでモヤモヤしてしまうことがあった。

別の犬の散歩の仕事中、また代行業者とすれ違ったのだ。その時もチロがいてじっくりと見ていたのだが、やはり歩様がおかしかった。

そして、それについてリードを持っている青年はまったく気付いていない様子だ。

どうやら数人でこのエリアを受け持っているらしいのだが、犬に関する知識はまったくないというわけではないかもしれないが、かなり浅いというのはよく分かる。

中には犬に引っ張られて制御できなさそうな人物もいた。

制御ができていないのに、複数の犬を連れているので、危なっかしくて見ていて怖いくらいだ。

——引っ張られてこけて怪我《けが》するくらいで済めばいいけど……。

それは本人の責任だと思う。

けれど、チロのことは気になった。

——飼い主の沢井《さわい》さんに連絡した方がいいのかな……。

でも、きっと気まずいだろう。

正直に言えば槙にもわだかまりがないわけじゃない。

——もう僕が散歩させてるわけじゃないんだし。

もう少ししたら、沢井が気付くかもしれない。

——でも気付かなかったら……？

チロは少し引っ張られるような形で歩いていた。股関節に違和感があるので、思うように足運びがいかないのだろう。ついていくのに必死という感じだった。

「何かあった？」

今日は珍しく電話はなくて、槙が祐輝と風呂に入り、久仁が寝かしつけた後、ゆっくりと二人で時間を過ごしていた。

明日、久仁は出張で出社時刻がいつもよりもかなり早いらしく、祐輝が寝ている間に出かけなければならない。

そのため、今夜は槇は桜庭家に泊りだ。

だから、いつもよりもゆっくりと二人で時間を過ごしているのだが、普段でも特別な会話があることの方が少ない。ただ一緒にいて、音楽を聞いたり、雑誌を見て何か気になる記事があれば共有したり、だ。

それが退屈ではなくて、それぞれ違うことをしたりしながらも、気配同士が繋《つな》がっている感じが槇は大好きだった。

「別に、大したことじゃないんですけど」

そう言って、そのままごまかしてしまおうと思ったのだが、

「大したことじゃなくても、話してみて？」

優しい声で言われ、槇は少し考えたあと、話してしまうことにした。

「前に散歩を請け負っていた犬と、仕事中に会ったんです。別の人が今は散歩させてるんですけど……その子の歩き方が少しおかしくなってて、そのことを飼い主さんに連絡するかどうか迷ってるんです」

「そうか……」

久仁は軽く相槌《あいづち》を打った後、やや間を空けてから、聞いた。

「槇くんはどうしたい？」

「僕、ですか？」

「悩んでるってことは、やりたいことがあるけれど、それを妨害する何かや気にかかる何かがあってできないってことだろう？　もし、妨害するものが何もなければ、どうしようと思ってる？」

「……飼い主さんに連絡したいです。犬のことが心配だから……もう気付いてて病院でケアを受けてるならいいけど」

多分、その可能性は低いだろう。

沢井は老夫婦の二人暮らしで、少し目が悪い。

それに、室内でチロが自分のペースで動く分にはあまり気付かないかもしれない。いや、チロは動きたがらずじっとしていることも多いかもしれない。

それなら多分気付くチャンスも少ないはずだ。

「……電話、してみます」

槇はそう言うと、テーブルの上に置いた携帯電話を手に取り、沢井に電話をかけた。

『はい、沢井でございます』

かけた時間が九時半過ぎとやや遅めであることから、出た沢井夫人の声にはやや怪訝《けげん》そうな響きがあった。

「夜分遅く申し訳ありません。以前、チロちゃんの散歩をさせていただいていた柳沢ですが、今、お時間よろしいですか？」

『え、ええ。ご無沙汰《ぶさた》しております』

返ってきた沢井の声には明らかな気まずさが感じ取れたが、槙はできる限り冷たい口調にもおしつけがましくもならないように気をつけながら言った。

「今日、散歩中のチロちゃんをみかけたんですが、少し歩き方がおかしい感じがしたんです。キャバリアは股関節に問題が出やすい犬種なので、もう病院で診察を受けていらっしゃるならいいんですけれど、もしまだでしたら早めに病院で診《み》てもらっていただけたらと思って」

『まあ……そうなんですか？　今、散歩して下さってる方からは、特に何も聞いていないんですけれど』

「僕の勘違いならいいんですが、気になったものですから」

『分かりました、わざわざすみません』

「いえ、こちらこそ、差し出がましいことを。……では、失礼します」

槙はそう言って電話を終えた。

電話を切ると、胸につかえていたものが取れたような感じがした。

「よくできました」

その槙の頭を撫でながら久仁が言う。

それは祐輝にしているのと同じ様子で、槙は少し照れくさいような恥ずかしいような気持ちになりながら、

「桜庭さんがどうしたいのかって言ってくれたおかげです。ありがとうございます」

礼を言った。

それに久仁は、苦笑した。

「礼を言われると、居心地が悪いな」

「どうしてですか？」

「もし俺が槇くんなら、連絡してないと思うからね。ザマーミロって思ったかもしれない。こういうところで、人間の本質が出ると思ってたんだよ。槇くんは優しいんだと改めて感じた」

「……桜庭さんだって、きっと電話しましたよ」

「どうだろうな。槇くんには見せてない腹黒いところはいっぱいあるんだよ？」

久仁は言いながら、槇の肩に手を回して抱きよせる。

「槇くんと出会えて、本当によかった」

そんな風に言われて、槇は嬉しいのと恥ずかしいのとがごちゃまぜになって、どう返していいか分からなくなる。

「……ありがとう、ございます…」

僕も桜庭さんに出会えてよかったです、と続けようとした時、今日は今まで沈黙していた久仁の携帯電話が鳴った。

「全く無粋だな」

久仁は言うと、携帯電話を手に取り、画面に表示された名前を確認して、険しい顔になった。

「ごめん、ちょっと向こうで話してくる」

そう言うと槇の肩から手を離し、携帯電話を持ってリビングを後にした。

――また、いつもの人かな……。

それ以外に考えられない。

誰なのか、どんな話なのか。

話してくれるまで待つつもりではいるが、やはり気になる。

――話さないってことは、僕に関係ないってことだろうし……。

そんなことをうだうだと考えていると、十五分くらいで久仁は戻って来た。

久仁の顔はやはり暗くて、槇は聞こうかどうしようか迷った。

その槇に、

「どうしたのかって聞かないの？」

逆に久仁の方からそう振ってきた。

「え……？」

「全部顔に出てるよ。気になるけど、聞いていいのかどうか分かんないって」

笑って言いながら、さっきまで座っていた槇の隣にまた腰を下ろす。

「……どうしたんですか？」

全部見通されてるならと、槇は聞いた。それに久仁は一つ小さく息を吐いてから、

「両親からの電話だ。このところ、しつこくかかってくるのは全部」

少し投げやりにも聞こえる声で答えた。

だが、その返事に槇は違和感を覚えた。

「御両親……、でも、お父様は亡くなられたんじゃ…？」

確か、父親が亡くなって社長を引き継いだと話していたはずだ。

だから母親から電話というのなら分かるが、両親とわざわざ言うのが引っかかった。

「亡くなったのは、養父の方だ。俺は中学生の時に子供のいなかった叔父《おじ》夫婦の養子になった。今、かけてきてるのは、遺伝子上の父母だ」

遺伝子上の、という言い方に、久仁が彼らに対して抱いている感情の一端が見て取れる気がした。

「電話の用件は？」

毎日かかってきているのは、問題が解決していないということなのだろうと分かる。

そしてそれがかなり厄介なことなのだということも、久仁の様子から分かった。

「祐輝を引き取りたいと言ってきてる」

「祐輝くんを……？」

「ああ。兄夫婦が事故で亡くなった時、誰が祐輝を育てていくかで少しもめた。あいつらは今さら子育てなんか面倒で嫌だと言って、表向きは高齢だってことを理由にして引き取りを拒否した。最も一番の理由は、金だ。兄夫婦には特別な財産はなかった。保険金はそれなりに下りたが、子育ての途中で資金切れになるレベルだ。何の旨味《うまみ》もないっていうのが拒否の理由だ。それで、俺が引き取った。独身だってことが引っかかって養子縁組まではできなかったが、監護権なんかについては俺にってことで弁護士がやってくれた」

「……今になって、どうして祐輝くんを引き取りたいなんて…」

詳しく聞いたことはないが、久仁は亡くなった双子の兄と二人だけの兄弟のようだ。他に兄弟がいないなら、久仁は叔父夫婦の許《もと》に養子に出ているし、祐輝が唯一の後継ぎになる。

だからだろうか、と思うが、それだって最初から分かっていたことだ。

「その理由も金だ。……兄は、アメリカで会社を共同経営してた。その会社が上場して、祐輝が相続した株がかなり値上がりしたんだ。そのことを知ったらしい。この前、貝塚くんが書類を持って来てくれた時、実はあいつらと会っていた。会わなければここに乗り込んできそうな勢いだったから。……金目当てだと、何をするか分からないからな。あいつらは、いつだってそうだった。俺が養子に出た時も」

吐き捨てるように言った後、久仁は自身を落ち着かせるように細く息を吐いた。

「子供のころから、叔父夫婦が俺か兄のどちらかを養子にと望んでいることは知っていた。行くとすれば弟の自分だろうってこともなんとなく感じていたし、叔父夫婦のことは好きだった。それに叔父夫婦も桜庭姓だったから、名字が変わるってわけでもなかったし…。だからある程度は納得してた。それで、中学に入る時期に合わせて俺は叔父夫婦の養子になった。俺も兄もそれぞれ別の私立に通うことになっていたし、叔父夫婦はそれに合わせて引っ越しもしてくれた。引っ越し先では周囲も普通の親子として迎えてくれたし、不満はなかった。兄とは自由に連絡を取り合っていたしね」

納得しての養子。

その言葉に嘘はなさそうだった。

だが、実際の両親に対しての嫌悪感は隠す様子もない。その根本になったのは何か、まだ分からなかった。

「……桜庭さんが養子に出た時に、何かあったんですか？」

金銭にまつわる何かがあったと、さっき話していた。そこまで突っ込んで聞いていいのか分からなかったが、思い切って聞いた。

「ああ。俺を養子に出す代わりに、相当な額を叔父夫婦から受け取ってる。俺はそのことを知らなかった。叔父夫婦も俺には話さなかった。……俺が養子に出るのと同時に、実家の方も引っ越した。もともとマンション住まいだったのが一戸建てに移って、高級車を乗り回すようになって、海外旅行にも行き出した。うちはそんなに裕福だったわけじゃない。養子に出た後、兄から両親の生活が急に変わったって聞いて、うちって実は金持ちだったのかって思ってた。けど、その金は、俺を叔父夫婦に売った金だ。……引っ越しに関しては、周囲の噂にならないためにってことで理解もできる。けど、それ以外は正直ショックだった。もと、もと、そういう部分はあったんだろう。子供だった俺は気付かなかっただけで」

久仁の口調はさっきとは違い、淡々としていた。

「兄は、そのまま親許で育って、大きな衝突こそしなかった様子だけど、両親の考え方にはついていけなくなったみたいだった。大学時代にアメリカに留学したのも、そのままアメリカで就職したのも、物理的に距離を置くことで疎遠になるための布石だ。実際、何かと理由をつけて兄は両親とは距離を置いていた。祐輝を両親に会わせたのも、二歳になる前の一度だけだ。そのことを考えたら、とてもじゃないけど祐輝をあいつらに預けようなんて気にはなれない」

はっきりと言いきったその口調は、とても強いものだった。

その言葉だけで、どれだけ祐輝のことを大事に思っているのかが分かる。

実際、久仁を見ていると常に祐輝のことを一番に考えているのが充分に感じられた。

「それで、しつこく電話がかかってくるんですね」

「ああ。……でも、何の電話だと思ってた？」

そう聞いてきた久仁の顔からは、どこかいたずらな様子がうかがえた。

「……聞かれたくない電話みたいだったから…、もしかしたら女性関係っていうか、そういうのかなと思ってました。貝塚さんが書類を持ってきた時も、桜庭さんからは打ち合わせって聞いてたのに、貝塚さんは『あれ？』っていう感じで、その後からだったから……その時に会ってた相手とややこしいことになったのかなとか……」

隠していても仕方がないので、思っていたことをすべて話した。

それを聞いて久仁は苦笑いする。

「浮気を疑っていて、それでも聞けずにじっと我慢してくれてたのかと思うと、本当に可愛くて仕方がない。明日の出勤が早くなかったら、今すぐ襲いかかってるところだ。せっかく槙くんが泊ってくれるのに、もったいない」

そのセリフに槙は顔を赤くして、

「……そうですよ、明日の朝、早いんですから、もうさっさとお風呂に入って寝て下さい。僕ももう寝ますから！」

槙はソファーから立ち上がる。

「もう寝るのかい？　まだ十時過ぎなのに？」

笑って返してくる久仁に、

「いい子は早寝早起きなんです！　おやすみなさい」

そう言うと、逃げ出す勢いでリビングを後にする。

その槇の様子に久仁が笑っているのが分かったが、槇は振り向くことなくそのまま真っすぐに槇のために準備されている客間へと向かったのだった。

8

チロの飼い主の沢井から電話があったのは、二日後のことだった。

『昨日は獣医さんがお休みだったから、今日、獣医さんに連れて行ったの。そうしたら、やっぱり股関節を痛めてるっておっしゃって。気付かないで放っておいたら炎症が広がって、治るまでに時間がかかっただろうって……。柳沢さんに連絡してもらわなかったら、本当にどうなってたか』

「いえ、たまたまですから」

『それでね、ムシがいいと思われるかもしれないけれど、チロが散歩に出かけられるようになったら、また柳沢さんにお願いできないかしらと思って……』

申し訳なさそうな声だった。

「喜んでお引き受けします。では、お医者様から散歩の許可が出たら、教えてください。すぐに伺いますから」

槇がそう言うと、沢井は安堵したような声で、お願いします、と返してきて、それにこちらこそというようなやりとりをして、電話を終える。

「…よかった……」

よかったのは、散歩をまた頼まれた、ということもあるが、それ以上に槙の言うことを信じてすぐに獣医に連れて行ってくれたことと、それからあまりひどい状態ではなかったことだ。チロもそこそこの年齢の犬だ。もし長い間散歩に行けない時期が続いたら筋肉が落ちて、散歩に行く体力を失《な》くしてしまっていたかもしれない。

そうなると、老化は早い。

——電話してよかった。

それも、久仁が後押ししてくれたおかげだ。

そうでなければ、気まずさが勝って今も連絡はしていなかっただろう。

そして今もグズグズと迷って悩んでいたはずだ。

代行業者が現れて、客を取られてから、心の中にはずっと鉛を詰め込まれたような重さが取れずにいた。

今もすっきりとはいかないまでも、沢井がまた槙に代行を頼みたいと言ってくれたことは、これまでの槙の仕事が認められたようで嬉しかった。

——ああ、そうか……。

ふっと一つ、腑《ふ》に落ちたものがあった。

客を取られてつらかったのは、単純に収入が減ってしまうということだけではなくて、それまで自分自身がやってきた仕事が認められていないという風に思えていたからだ。

一頭一頭、健康状態を考えて、散歩のペースを考えて細かな変更をしたり、コースを変えたりした。

そういうことも、結局認められていなかった、喜ばれてはいなかったのだと思えてむなしかったのだ。

でも、沢井は槇の仕事を認めてくれた。

だから、また頼みたいと言ってくれたのだ。

「まきさん、いいことあった？」

昼寝から起きてきた祐輝が、ランディーの散歩に行く準備をしながら聞いてくる。

「どうして？」

問い返すと、祐輝は自分の両手で頬を持ちあげた。

「まきさん、スマイル。いいことある、にここって」

それに、槇はハッとした。できるだけ祐輝の前では落ちこんだりした姿を見せないでおこうと思っていたのだが、異変は感じていたのかもしれない。

「うん、いいことあったよ。チロちゃん、今は少し怪我をして散歩できないけど、怪我が治ったらまた僕が散歩をするんだ」

そう言うと祐輝はぱっと笑顔になった。

「ゆーき、チロちゃんすき。ランディーも、チロちゃんすき」

「じゃあ、また祐輝くんも一緒にチロちゃんの散歩に行こうか」

「うん！」

元気に返事をした祐輝と一緒に、槙はランディーの散歩に出かけた。

散歩のコースは幾《いく》つか準備しているが、どのコースであっても必ず公園を入れている。なぜかと言えば遊歩道には舗装されているコースがあり、雨の日でもそこなら泥まみれになることもないし、愛犬家の多くがその公園の遊歩道を散歩に使うので、飼い主同士の交流の場にもなっているからだ。

「おー、ランディー、今日もご機嫌だな」

そう声をかけてきたのは秋田犬の小鉄《こてつ》の飼い主の白井《しらい》だ。

「こんにちは。小鉄くんも元気そうですね」

そう言った槙に続いて、

「こんにちは、こてつくん。しらいのおじさん」

ランディーの散歩ですっかり顔見知りになった小鉄と白井に、祐輝がぺこりと頭を下げて挨拶をする。

「祐輝くんも元気そうだな」

「うん、ゆーき、げんき。おひるね、いっぱいした」

「そうか、そりゃよかった。寝る子は育つって言うからな」

はっはっはと豪快に笑った臼井はそのまま小鉄を連れて歩き出す。槇たちも再び歩き出した。

少し行くと、代行業者の人間らしき青年が三頭の犬を連れて歩いているのが見えた。それもハスキーが二頭にマスチフが一頭と、パワー系の犬ばかりで、連れて歩いているというより引っ張られているという感じだ。

三頭とも好き勝手をしていて、犬同士もあまり仲がよさそうではない。

――ちょっと、距離を取った方がいいな。

向かってくる彼らとすれ違うのは、何かあった時に危険だ。

槇は来た道を戻り、途中にある別の遊歩道に入ることに決めた。

「祐輝くん、ちょっと後戻りして別の道を行こう」

「うん」

手をつないでいた祐輝にそう声をかけ、踵《きびす》を返し後戻りを始める。そして、もう少しで別の遊歩道というところで、

「あっ！　待て！」

慌てたような声がして、振り返ると、さっきの代行業者が連れていたマスチフが槇たちをめがけて凄い勢いで走ってくるのが見えた。

恐らくリードを振りはらわれたのだろう。そして、マスチフが狙っているのは槇ではなく祐輝である可能性が高い。

——逃げるのは間に合わない。

そう判断した槙が咄嗟にランディーのリードを離し、祐輝を抱きこんで伏せた瞬間、槙の脇腹に体当たりの凄い衝撃があった。

「い……っ」

唸《うな》り声をあげながら頭を押し当てて槙の体を返そうとしているのが分かった。抱きこんだ祐輝を狙っているのだろう。

だが、それを必死でこらえていると、今度は足に激痛が走った。最初は太ももに、その次にふくらはぎだった。

「あ…っ…あ、あ！」

「まきさん、まきさん！」

何が起きたか分かっていない祐輝が槙の苦鳴に必死で名前を呼ぶ。その甲高《かんだか》い子供の声にマスチフはさらに興奮して、槙の足を噛《か》んだまま頭を大きく左右に振ったようだった。

牙《きば》がふくらはぎに食い込む。

「……う…ぁっ」

槙があげそうになる悲鳴をこらえた時、今まで聞いたことがないようなランディーの咆哮《ほうこう》が聞こえ、それと同時に一度槙の足から牙が離れた。

見えないが、恐らくランディーがマスチフに応戦したのだろう。

「柳沢さんっ⁉」

聞き覚えのある女性の声に続いて、

「柳沢くん！　小鉄、行け！」

聞こえたのはさっきすれ違った白井の声だ。それと同時に小鉄の咆哮が聞こえた。

キャンッと悲鳴に近い犬の声は、ランディーでも小鉄のものでもないように思えた。

「柳沢くん、大丈夫か」

駆け寄って来た白井に槇は抱き起こされた。

「僕は…大丈夫です。でも祐輝くん…！」

腕に抱いた祐輝を見ると、祐輝は槇にしがみついて泣いていた。祐輝のその泣き声にすら、今の今まで槇は気がつかなかった。

「祐輝くん、どこか痛いところはあるか？」

白井が聞いているが、祐輝は答えるどころではない様子だ。

「祐輝くん、怖かったわね、ほら、いらっしゃい」

その声は最初に槇に気付いてくれた女性のもので、見てみると、ポインターのタイの飼い主の久保田《くぼた》だった。

彼女はまるで自分の孫を抱くようにして祐輝を保護する。タイはどこか違う方向に睨《にら》みを利かせていて、そちらに目をやると、ランディーと小鉄にすっかり服従させられたマスチフ

がいた。

その三頭の向こうには、あの代行業者の青年が真っ青な顔で立ち尽くしていた。

「おい！　その犬、そこのあんたの連れてた犬だろう！」

白井は怒鳴りながら青年に詰め寄る。

「あ…あの、俺、すみません！」

「スミマセンで済む話じゃねぇ！　人を噛んで怪我をさせてんだぞ！　突っ立ってねえで、その犬のリード、きちんと摑んで犬が逃げねぇようにしろ！」

白井が怒鳴っている間に他の犬の飼い主たちも騒ぎに気付いて近づいてくる。

「柳沢さん、大丈夫か、立てるかい？」

声をかけてくれた他の飼い主に促されて立ってみようとしたが、噛まれた左足と、体当たりされた左の脇腹に激痛が走って無理だった。

見てみると、周りには破れたダウンジャケットから羽毛が飛び散っていた。

「こりゃ、救急車呼んだ方がいいな。ちょっと待ってな」

そう言って携帯電話を取りだし、救急車の手配をしてくれる。

その中、ランディーがゆっくりと槇に近づいてきたが、歩き方がおかしかった。マスチフと応戦した際に、足を痛めたようだ。

「ランディー、怪我して……」

「かかりつけの獣医はどこだ？　十和田《とわだ》先生のとこか？」

救急車の手配を終えた男性が聞いてくる。

「はい、そうです」

「じゃあ、俺が連れてく。柳沢さんは救急車が来たらそれに乗って行ってくれ。念のため坊主も一緒にな」

「でも…」

「後のことは私たちに任せて。白井さんもいることだし」

久保田もそう言い添える。

白井は散歩代行の青年に、責任者に連絡を取らせているところだった。

それから少ししてやって来た救急車で槇は祐輝と一緒に病院に搬送された。

祐輝には怪我はなかったが、槇の方は肋骨《ろっこつ》にひびが入り、左足も筋を痛めているようだった。

だが、まだまだ寒くて着ていた服が厚手だからそれで済んだというレベルで、夏ならもっと酷いことになっていたのは明白だった。

「相手の犬は、狂犬病と破傷風《はしょうふう》の注射は済んでますよね？」

担当医が難しい顔で聞いてくる。

「はい」

断定できるのは救急車に乗っている最中に白井から携帯電話に連絡があったからだ。病院で必要になる情報だからと知らせてくれた。

一通りの処置が終わり、用意してもらった車いすに座らされて廊下に出ると、そこには久仁がいた。

「桜庭さん……」

「槙くん、怪我の状態は？」

「大丈夫です」

「そんなわけないだろう！　車いすに座っていて！」

怒鳴るような声で久仁が言うのに、

「御家族の方ですか？」

車いすを押してくれていた看護師が久仁に聞いた。

「一緒に搬送された子供の父です」

「ああ…、祐輝くんは怪我はなさっていませんでしたよ」

看護師の説明に久仁は頷いた。

「先ほど、会って聞きました。彼の怪我の状態は？」

それに看護師は家族ではない久仁に話していいものかどうか迷ったような間を空け、その間に槙が口を開いた。

「肋骨に少しひびが。それから、足の方は筋を痛めたらしくて、しばらくは無理をしないようにと言われました」

「それだけです？」

「それだけです。もう診察も終わりましたから、帰っていいそうです」

槇が言うと、ようやく久仁は安堵したような顔になった。

「よかった……。いや、怪我の度合いを見れば全くよくないが…」

その久仁に、

「すみません……祐輝くんを危険な目に遭わせました。ランディーも怪我をして…、今、別の方が獣医に連れて行ってくれています……」

槇は謝った。

散歩の代行をしている者として、預かっている犬に怪我をさせるなんて、あってはいけないことだ。

「君が謝らなくていい。十和田先生から、連絡をもらったよ。ランディーは噛みつかれて少し怪我をしたが、骨にも異常はないし、心配はないそうだ」

そう教えてくれたが、よかった、とはどうしても言えなかった。

「祐輝くんは…？」

「一緒に来た貝塚くんが、売店に連れて行ってくれてる」

「そうですか……」

槇がそう言ったとき、バタバタと廊下を走ってくる音が聞こえた。そちらに目をやると、見知らぬ三十歳くらいの男が二人走ってくるところだった。

「あの、柳沢さんでしょうか？」

それに答えようとした槇の前にすっと久仁が立った。

「彼が柳沢さんですが、あなた方は？」

そう言うと男二人は名刺を取り出した。

「私どもは、今回犬の散歩を代行させていただいていた会社の者です」

久仁は受け取った名刺をしまうと自分の名刺を取り出し、二人に渡した。

「私は桜庭と申します。こちらの柳沢さんは我が家の犬の散歩の代行中に今回の事故に遭われました。犬も怪我をして病院に運ばれていますし、現場に一緒にいた息子も大変ショックを受けております」

久仁の声は一見穏やかに聞こえたが、底冷えのするような響きも伴っていた。

「このたびは本当に申し訳ありませんでした。何分、突然のことで……」

代行業者はそのまま何か言葉を続けようとしたが、

「ええ、こちらも突然このような事態になり、まだ話をする気持ちの余裕もありませんので、後日改めて代理人を立てます。話はその方とお願いできますか。柳沢さんの窓口も、その方にしていただく予定ですので」

久仁はこの場では何も話をしない、と言外に告げた。

「……分かりました」

代行業者はあからさまにまずい状況になった、という顔を見せたが、この場で何を言っても仕方ないと悟ったのか、引きさがる。

その彼らに、槙は聞いた。

「あの、飼い主の方は？」

「え？」

「あのマスチフの飼い主の方です。散歩をさせていらっしゃったのは代行のアルバイトの方だと思いますが、本来の飼い主の方は？」

それにようやく誰のことを言っているのか思いあたったような顔をした。

「今、ご旅行中で……」

「そうですか。事故のことはもう連絡されていますか？」

「いえ、まだ連絡がつかなくて」

「では、飼い主の方ご自身での手続きは無理だと思いますので、ご存知かと思いますが、そちらの方で咬傷届《こうしょうとどけ》を保健所に提出して下さい」

「処分はまだ…待って下さい、飼い主の方が……」

「違います、処分のためではなく、こういった事故が起きた場合の義務です」

槇の言葉に代行業者は驚いたような顔をしていた。

まさか、そんなことも知らずに代行をしていたのだろうかと思う。

「それから、獣医で相手の犬の診察をしてもらって狂犬病ではないと言う証明を同じく保健所に提出して下さい。これは二日以内です。手続きをされなければ、飼い主の方が罰金刑になりますから」

そう言うと、分かりました、と返してきた。

「槇くん、体に障るからそろそろ行こう」

久仁はそう言うと、看護師に会釈をし、槇の車いすを押してその場を離れる。

「……素人《しろうと》レベルの連中だな」

少し離れたところで、忌々《いまいま》しいというような様子で久仁が言った。

「多分、現場の人じゃなくて、犬を飼ったこともないんだと思います」

犬を飼育しているなら、ある程度の人間が知っている知識だ。

代行業者をネットで検索したことがあるが、他にもいろいろと手広く細かな仕事をしているのが分かった。

犬の散歩の代行は最近始めたばかりのようで、恐らくこの部門の責任者が間に合わなかったのだろう。

ロビーで待っていた祐輝と貝塚と合流し、貝塚は会社に戻ったが、槇と祐輝は久仁に連れられてマンションに戻って来た。

「いろいろと異論はあるだろうが、ここで寝てて」

そう言って寝かしつけられたのは、久仁の寝室のベッドだった。

「……でも、僕がここを占領したら桜庭さんが…」

「ソファーもあるし、祐輝と一緒に祐輝のベッドで寝てもいいんだから気にしないでいい。……これから、祐輝と一緒にランディーを迎えに行ってくるよ。十和田先生のところで待ってくれてるから」

久仁はそう言うと槇の頭を軽く撫でた。

「いろいろ、すみません……」

「気にしなくていいよ。いい子でお休み」

そう言った久仁はやっといつものような優しい顔だった。

「…ありがとうございます」

槇のその言葉に久仁は微笑むと、部屋を後にした。

——結局、また迷惑をかけた……。

祐輝を散歩に連れていくべきではなかったのかもしれない。

そもそもの認識が甘かったのかもしれない。

幸い祐輝には怪我はなかったが、ランディーには怪我を負わせる結果になった。

胸の中がドロドロと重いものに占拠されて、どうしようもない気持ちになる。

しかし、病院で処方された薬のせいか、ややすると槙の意識はゆっくりと閉じていった。


どの程度の時間が過ぎたのか、体の傍らにある温かさを感じながら、少しずつ浮上していく意識に合わせてぼんやりと目を開けると、視界の端に久仁が見えた。

「気分はどう？」

その言葉の意味が寝起きの頭ではすぐに理解できなくて、少しの間ボーッとしていると、傍らの温もりが動いた。

「……祐輝くん…」

同じベッドの上には祐輝がいて、眠っていた。

「ランディーを連れて帰ってから、君に会いたがってね。会わせたら離れたがらなくて……途中で俺が少し部屋を出てる間にベッドに入り込んでた」

苦笑する久仁の言葉に、ようやく槙はいろいろなことを思いだした。

久仁もベッドの横に椅子を持ってきて、ずっとついていてくれていたらしい。

「……すみません、本当に、いろいろ…ご迷惑をかけて」

「どうして謝るのかな？　君がいてくれたから、祐輝は怪我をせずに済んだんだろう？　もし君がいなかったら、祐輝はどうなっていたか」

「祐輝くんを、連れていくべきじゃなかったのかもしれません。他の犬に襲われたりする可能性は充分に考えられたはずなのに、重要視しなかった僕の落ち度です」

その言葉に久仁はため息をついた。

「そんなことを言っていたら何もできないだろう？　車が突っ込んでくるかもしれないから外に出すべきじゃないっていうのと同レベルだ」

「でも……軽率でした。それにランディーだって…」

「ランディーなら平気だ。ランディー」

久仁が名前を呼ぶと、ベッドの足もとでうずくまっていたらしいランディーが起き上がり、顔を見せる。

「この通りランディーも無事だ。十和田先生は三、四日で普通に歩けるようになるだろうっておっしゃってたよ」

それに、よかった、とは返せるはずがなかった。

その怪我だって、槇が気をつけていればしなくて済んだ怪我だ。

「起きてしまったことをなかったことにはできない。起きてしまった中で、槇くんは最善を尽くしてくれた。本当にありがとう」

礼を言われて、槇の目から涙が落ちた。その涙を久仁は指先でそっと拭《ぬぐ》うと、そのまま目の上に手を置く。

「もう少し寝てなさい。夕食ができたら起こしてあげるから。もっとも、俺が作るから味の保証はできないけどね」

おどけた口調で言い、槇の気分を少しでも変えようとしてくれる久仁の優しさに槇は涙が止められなかった。

その涙が止まるまで、久仁はずっとそばにいてくれて——気がつくと槇は再び眠りに落ちていた。

◇◆◇

「まきさん、おやつ」

リビングのソファーに座っている槇のところに、祐輝がドーナツとジュースの載ったトレイを持って歩み寄ってくる。

それをランディーはどこかハラハラしたような様子で見守りながらついて歩いている。

「祐輝くん、ありがとう」

無事、槇の許に辿《たど》りつきテーブルの上にトレイを置いた祐輝は、

「いっしょ、たべよ」

笑顔で言って、槇の隣に腰を下ろした。

その様子を、今週から復帰してきた町田がキッチンから微笑ましそうに見つめる。

槇が怪我をしてから二週間。その間槇はずっと桜庭家に世話になっていた。

最初の頃は痛みも酷く、日常生活にもかなり不自由を強いられる状況で、久仁がここにいるように強く言ったからだ。

『ここなら、何かあってもコンシェルジュが駆けつけてくれるし、祐輝もコンシェルジュに電話するくらいならできる。何より、俺が会社にいる間、君がアパートで一人で痛みに苦しんでいるかと思うとやりきれない』

『ゆーき、まきさん、おてつだいできる』

と、久仁と祐輝に言われて、結局甘えることになってしまった。

今も、肋骨も足もまだ治ってはいないし、痛みもあるが、それでも日常生活での不自由さは少しずつなくなってきている。

——そろそろ、アパートに帰らないとな……。

いつまでも甘えているわけにはいかない。

何しろ、怪我の件についてはすべて久仁が手配してくれた弁護士に任せきりで、そっちだ

けでも世話になっているのだ。

なので、槇は代行業者とはあれ以来一度も会っていない。

ただ、マスチフの飼い主とは直接会った。

きちんとした謝罪をしたその後で、散歩の代行についてのことを話してくれた。

息子夫婦の海外挙式に行く間、たまたまチラシを入れていたあの業者に一時預かりを頼んでいたらしい。

連絡を受けたのは挙式直後だったらしいが、その後の旅行の予定をキャンセルして一人先に帰国してアポを取ってきた。

もともと犬種による気性の荒さはあったが、飼い主の言うことは聞いていたし、これまでの散歩で問題行動を起こしたことはなかったらしい。

預ける相談の時も預けた時もドッグトレーナーがいて、そのドッグトレーナーが散歩もしてくれるものだと思っていたし、他の犬と、それも大型犬三頭と一緒に散歩するなんて聞いていなかったと話していた。

これまで人を噛んだこともなく、飼い主と話をしてみるときちんとした人だったので、槇の方から犬についての処分は望まないと言うと、飼い主は自分から頼めることでもなかったので、そう言ってもらえてほっとした、と言っていた。

人を噛んだ犬は、すぐに処分されるわけではない。

前歴があれば話は別だが、一度目で被害者が深刻な状況になっていなければ、大抵の場合、行政処分はない。

ただ、一度目であっても大型犬で飼い主の資質に問題があると判断されれば、処分される可能性もないわけではない。

そのことへの不安がありながらも、相手側から切り出されなかったことや、今回の事故は代行業者のずさんな管理と対応が招いたものだということ、そして、槇自身が犬の処分については積極的に考えていないこともあって、申し立てはしないことにした。

もちろん、しかるべきトレーナーのもとでの再訓練を条件にはしてもらった。

それは、二度目が起きてしまうと、その時はいろいろと厳しくなるため、犬自身の今後を考えてのことだ。

それについても飼い主は了承してくれた。

そして、問題の代行業者はかなり窮地にある様子だ。

今回の事故は、現場にたまたまローカルテレビ局で嘱託カメラマンをしている人物が同じく犬の散歩で居合わせていて、携帯電話で槇から犬が離れた少し後ぐらいからのムービーを撮っていた。

その局の夕方のニュースで短時間だがその画像が流れ、その後、新聞やそれ以外のテレビ局でも取りあげられて、騒ぎが大きくなったのだ。

散歩の代行を頼んでいた顧客の中にも不満はあったらしく、報道がきっかけでいろいろと問題が噴出していた。

少なくともこの地域を担当しているドッグトレーナーは一人しかおらず、散歩をしているのはほぼすべてアルバイトの学生で、彼らはチラシに書かれていたような『ドッグトレーナーの資格を取るために勉強中』などでもなかった。

歩合制で、一度に複数頭の散歩をすれば、短時間で給料に跳ね返ってくることもあり、それが無茶な頭数を連れての散歩にもつながっていたのだろうと推測された。

もちろん、そんな悪評はあっという間に広まる。

愛犬家同士の交流の中で「あの業者は信頼できない」というレッテルが貼られ——結果、代行業者に流れた槇の元の顧客は軒並み戻ってきたいと再依頼があった。

それらを、槇は「体が治り次第受ける」とすべて断ることなく受け入れた。

「本当によかったですわ、槇さんも祐輝坊ちゃまもお元気になられて」

食事の準備が一段落した町田が、祐輝にジュースのおかわりを持ってきながら、言った。

ランディーは翌日までは歩く時に不自然さがあったが、三日もすれば何事もなかったように綺麗に歩いていた。

祐輝も動揺して元気がなかったが、今ではすっかり元通りだ。

「僕も嬉しいですよ、町田さんが復帰して下さって」

「あら、そうですか？　槇さんもきちんとして下さってたみたいですけれど」

「掃除はなんとかなっても、お料理は毎回頭痛の種でしたから」

町田が復帰したことで、槇の家政婦代理は終わった。

あと三日もすれば、今は歩くたびに結構な痛みがあるので不自然な歩き方になっているが、それもマシになって、少しずつ散歩の仕事に戻れる。

そうなれば、当然アパートに戻れる……というか、もう今、戻ってもあまり問題はないだろう。

——今日、桜庭さんと話をしよう……。

祐輝とおやつを食べながら、槇は胸の内でそう決めた。


その日、久仁はいつも通り夕食の時間に帰って来た。

いつものように夕食を三人で食べ、食後の休憩を挟んで、久仁が祐輝をお風呂に入れた。

あの事故の後、ずっと久仁が祐輝をお風呂に入れてくれている。

槇の傷は祐輝に見せるにはまだ衝撃的過ぎる状況だからだ。

お風呂から出た祐輝を寝かしつけた槇がリビングに戻ると、久仁はソファーで新聞を読んでいた。

「最近、祐輝は眠るまでに時間がかかるんだな」

リビングに戻って来た槇に気付いた久仁が、新聞を閉じて言った。

今までは長くても二十分ほどで寝てくれたのが、今は三十分以上かかることも多い。今日も四十分ほど添い寝をして、絵本も三冊読んだ。

「外に遊びに行けなくて、疲れてないからだと思います。……すみません」

「槇くんが謝ることじゃないよ」

久仁はそう言うと、自分の隣の座面を軽く叩いて、槇に座るように促す。

「でも、僕が散歩に行けないから、ランディーも運動不足になってしまって……」

ソファーに腰を下ろしながら言う槇に、久仁は優しく笑った。

「できる状況なのにしてないなら謝ってもらわないといけないけど、今は療養のためにここにいるんだから、気にしなくていいんだよ。まあ、個人的には祐輝にはできる限り早く寝てもらいたいと思ってるけどね。祐輝は昼間も槇くんを独占してるんだから、夜は早く俺に独占されてくれないと不公平だろう？」

そんなことをさらりと言ってくる。

それにどう返していいのか分からずにいると、久仁はそっと槇の頬に触れた。

「何か、俺に言いたいことがあるんじゃないのかな？」

「え……？」

「夕食の時から、そんな顔をしてたよ」

そう言われて、槇は眉根を少し寄せた。

どう言おうか考えていたことは確かだが、顔にまで出していたつもりはなかったからだ。

「何か聞かせてくれる？」

促され、槇は考えていた言葉を口にした。

「もう、痛みも随分と引いてきたし、日常生活も不自由しなくなってきたので、そろそろアパートに帰ろうかと思ってます」

それに対する久仁の返事は、

「俺の予想よりも一週間ほど早いね」

というもので、そのまま久仁は続けた。

「前にも言ったけど、このままここに住む気はない？」

「…桜庭さん……」

その申し出に槇は戸惑った。

「ここしばらく、君がずっと家にいてくれたことで、俺自身、思っている以上に君を愛してることを実感した。いや、実感したのは君と祐輝が病院に運ばれたと連絡を受けた時だな。祐輝には怪我が見られなかったというのは、病院へ向かう途中に、現場に居合わせた久保田さんから連絡があって分かったんだが、君の怪我の程度は分からなかった。病院で君と会うまで、生きた心地がしなかったよ。……君のおかげで、祐輝は無事だった。でも、一歩間違えば君がもっと酷い目に遭っていたかもしれない。そう思うと、今でも怖くて仕方がない」

「桜庭さん……」

大丈夫です、とは言い切れなかった。

もしあの時に止めに入ってくれる人や犬がいなかったら、この程度の怪我ではすまなかっただろう。

久仁の手がそっと伸びて、膝の上に置かれた槇の手を掴む。

「これ以上祐輝の大事な人を失いたくない。そして、それ以上に俺自身が愛してる存在を失うことになるかもしれないなんて、想像すらしたくない……。俺は、ずっと幼い祐輝を残して逝《い》った兄たちがどれほど心残りだったかと思ってた。でも、ある意味では夫婦ともに――愛し合う二人で共に逝けた兄は、幸せなのかもしれないとも思うようになった」

掴まれた手の力が強くなり、久仁は一度小さく息を吐いた後、槇を真っすぐに見つめて言った。

「いつか、別々に召されることになるとして、それがいつかは分からないけど、それまではできるだけ一緒にいたいと思ってる。だから、ここで一緒に暮らしてほしい」

改めて聞かされた言葉に、槇の胸がいっぱいになった。

「……僕…は…」

いろいろな思いが駆け巡って、唇が震える。

「僕は…本当に何もできなくて……、デキの悪い存在で…、だから桜庭さんみたいな立派な人の負担にしかならなくて…」

「槇くん…」

「桜庭さんには、僕なんかじゃなくてもっといい相手がいるって分かってるのに…断れない自分が、ずるくて……申し訳なくて」

言った槇の目から涙が零れ落ちた。

その槇を久仁は優しく抱き寄せて、腕の中に閉じ込める。

「断られたら、俺が再起不能になる……」

少し笑みを含んだ声で言った久仁が、

「愛してる…心から」

囁いた声は、真剣なもので、槇はそれにただ頷いた。


「ああ、あっ、や…だぁ、や、や…っあ、あっああっ」

グジュッグジュッと淫らに濡れた音を響かせながら、久仁自身が槇の体の中を蹂躙《じゅうりん》する。

久しぶりだから、と丁寧過ぎるくらいに指で蕩けさせられて、何度もイかされて、体の中も頭の中もトロトロになったところを、久仁自身に貫かれて――。

「や……ぁっ、あ、ああっ」

ほんの少し揺らされるだけで、体中を怖いくらいの悦楽が駆け巡る。

「ぁ…っ…あっ、――っあ、ああっ、あ」

槇の震える唇からは、もうまともな言葉など出なくて、ただ喘《あえ》ぐしかなくなっている。

「凄く気持ちよさそう……俺も、だけどね」

しっかり槇の腰を掴んだ手を細かに揺らしながら、自身を引き抜いていく。

蕩け切った肉襞が、最奥から引き抜かれていく熱塊を惜しむように絡みついているのが分かる。

「やぁっ、あ、あ…っ、あっ、――っ！　っあ、ああっ」

ギリギリまで引き抜かれた久仁自身が、最奥まで一気にまた入り込んで槇の体が跳ねた。

それに合わせて、もう出すものもないほどイかされた槇自身が小さく震えて、先端から申し訳程度に雫《しずく》を滲《にじ》ませる。

「また、イっちゃった？」

笑みを含んだ声が言いあててくる。だがそれに返事をするような余裕は少しもなかった。

久仁は感じきっている槇の中を、まるで乱暴に思えるような動きで突きあげ始めた。

「あ、ぁ…、あ…っ、ぅ…あ、あ、あ」

中がグネグネと動きながらひくついて、腰がガクガクと勝手に揺れる。

「中…凄い動き方してる……」

言われても、もう喘ぎ以外の声が出てこない。

浅い場所も、一番深い場所も、全部が気持ちよくてしかたがなくて。

「う…ぁ、あっ、あっ、……っん、んっ――！　あっあっ」

グチュッズチュッと酷い音を響かせながら、繰り返される抽挿に合わせてグズグズに蕩け切った槇の腰がヒクッと痙攣を繰り返す。

「む……ぃ…、ぁ…ぁ……、も、む……」

無理、と思うのに、何度も達してしまって、槇自身からだらしなく蜜が細く糸を引く。

「ひ…ぅ……、あ、ぁアッ、アッ！」

「もうそろそろ、出すよ」

その言葉に無意識に反応した体が、久仁をキュッキュッと締めつけ始める。

「中に出されるの、嬉しいんだ？」

その動きに揶揄《やゆ》するように囁いた久仁が、

「いいよ、いますぐあげる」

言葉とともにひときわ強い動きで槇の中を攪拌するようにして抽挿した。

「あ――っ、あ、ああっ、あ……っああっ、あ、あ、あァあああっ！」

浅ましくひくついた中で、ビュルルッと飛沫《しぶき》がまき散らされる。

「ふ…ぁ、あ、…だめ、とま…らな……あっぁ、あ！」

ガクガクと腰が震えて何度も達してしまう。

「いっぱいイって……可愛い…」

絞り取るように久仁自身を締めつけながら、ヒクヒクと震える槙の脇腹を、久仁はそっと手で撫でさする。

「ぁ……あ、あ……」

ささやかな刺激にさえ、カタカタと体が震えて、目蓋がゆっくりと降りてくる。

「おねむかな……。ゆっくりおやすみ」

囁くようなその声が、この夜の槙の、最後の記憶になった。

◇◆◇

「はーい、じゃあ信号渡るよー」

槙の声を合図に、ランディーにもう一本つけたリードを持った祐輝と、そして戻って来た顧客の犬を連れた集団がいつもの公園に向かって道路を渡る。

「君の仕事が軌道に戻ったのは嬉しいけど、複雑な気持ちになるね」

そう言いながらついてくるのは、仕事の予定が変更になり、午後から休暇を取って帰宅していた久仁だ。

槇が仕事に復帰して一週間。

槇は以前通りの、ほぼフル活動に近い数の散歩をこなしている。

「……そこは、複雑にならずに喜んでください」

槇が言うと、

「喜びたいのはやまやまだけど、なかなか引っ越してきてくれないし、昼間の君は犬に夢中だし」

ちくりと嫌味を返してくる。

『一緒に暮らす』ということに承諾した槇だったが、それはまだ実行に移されていない。

散歩の代行が繁盛していて、トリミングの仕事も新規で何件か増えたおかげで、思うように荷造りの時間が取れなくて延び延びになっているからだ。

「……夜、早く家に帰れるんなら、荷造りできるんですけど？」

毎日祐輝とそろってあの手この手で引きとめてくる久仁に、そう返してみる。

何しろ休みの日は「お泊り」が通常モードで、本当に時間がないのだ。

「だから、引っ越し業者に頼めば？　って言ってるのに」

「大した荷物があるわけじゃないのに、贅沢《ぜいたく》ですもん」

そう言った槇に久仁は苦笑しながら『経済観念のしっかりしたお嫁さんで助かるよ』などと耳元に囁いて、槇を赤面させるのだった。

社長は新婚生活画策中

うららかな日差しが入りこむアパートの一室で、槙《まき》は引っ越しのための荷造りを始めていた。

引っ越しておいでと久仁《ひさひと》から言われて、それにイエスと返事をした槙だったが、なかなか実行に移すことが難しいまま時間だけが過ぎていた。

理由は荷造りの時間がなかなかとれなかったからだ。

「増やさないようにしてたつもりなのになぁ……」

途方にくれるようなため息《いき》が出てしまうのは、作業を始めると思った以上に荷物が多かったからだ。

このアパートに移って来た時、トリミングに必要な用具がいろいろと増えた。

購入したわけではなく、知り合いのつてでセットで譲ってもらったものだ。頻繁《ひんぱん》に使うものもあれば結局使わなかったものもある。

というか、使わないものはしまいこんでしまっていたので、ああこんなのもあったのか、と思うレベルだ。

「これは捨てちゃってもいいや。ありがとうございました」

譲ってくれた人にお礼を言って、ゴミ箱に放り込む。

ただ、こうやって捨てると決められるものはいいのだが、判断のつかないものが多いので仕分けの手は止まりがちになってしまう。

判断がつかないというよりも、思い切りがつかないのだ。

「これは…どうしようかなぁ。とりあえず保留で」

だの、

「思い出があるしなぁ…保留かな」

と、保留が多い。

保留が多いということは、作業の進捗《しんちょく》状況が非常によろしくないということだ。はっきり言えば決断を先送りしているので、ただの無駄だ。

「……こういうの兄ちゃんだったらてきぱき進めるんだよなぁ」

アパートの保証人になってくれている兄には、引っ越すつもりをしているという話は一応しておいた。

さすがに兄だけあり、

『時間を作って手伝いに行こうか？　片付け、苦手だろう？』

と、この事態を見透かしたようなことを言ってきた。

兄の忙しさは知っているし、引っ越し時期は未定――久仁からはせっつかれているが――なので、ぼちぼち頑張る、と言って申し出は辞退した。

「本当、今だけ兄ちゃんと脳味噌交換したい…二時間だけでいいから」

二時間あれば、兄なら全てのものの要・不要を仕分けるだろうと思う。仕分けさえ終われば後は自分でも大丈夫な気がするのだ。

「……余計なこと考えてないで、作業しよ……。せっかく時間できたんだから」

今日は土曜。散歩の代行はもともと少なかったこともあり、思い切って土日は休みにしたというか、そうせざるを得なかった。

そうしなければしつけ教室とトリミングの仕事が入れられなかったからだ。

今日はトリミングが入っていた。

柴犬二頭とゴールデンレトリバー一頭を飼育している家で、いつも一日で終わるように三頭分一度に予約が入る。

今日がその予約の日だったのだが、昨日、ゴールデンが体調を崩してしまったと連絡がありキャンセルになったのだ。

高齢に差し掛かる年齢の犬でもあるので、体調が戻るまで様子を見ることになり、柴犬も合わせてキャンセルになった。

以前なら——代行の仕事を業者に奪われていた時なら落胆せずにいられない状態だっただろうが、今は純粋に早くゴールデンの体調が良くなればいいなと祈ることができる。

今は代行の仕事も順調で、生活が脅《おびや》かされるような状況ではないから気持ちに余裕があるということなのだろう。

現金なものだと思うし、そういうのはどうなんだろうと思ったりもするが、パンのみにて生きるに非《あら》ず、というような心境にはなかなかなれないというのが本音だ。

そんなわけで今日一日、ぽっかりと予定が空いてしまったのだが、そのおかげでこうして引っ越しの準備をすることができているので、結果オーライだと思う。

もっとも、はかばかしくない進捗状況ではあるが。

「心を入れ替えてがんばろ」

一つ息を吐いて、槇は引っ越しのための片付けに戻った。

◆◇◆

槇の携帯電話が鳴ったのは三時前、表示されていたのは久仁の名前だった。

「はい、僕です」

『ああ、槇くん。今、時間いいかな?』

聞こえてきた声はいつも通りの優しい声で、槇の中に何か温かいものがふわりと落ちていく。

「大丈夫です。何かありましたか?」

『特に何もないんだけど、片付けは順調?』

聞いてくるその声に槇は苦笑する。

トリミングのキャンセルの電話を受けたのは、昨夜、桜庭《さくらば》家にいた時だった。

その時に、『じゃあ明日は一日一緒にいられるね』と言われたのだが、片付けが気になっていたので、夕方までは片付けをします、と宣言したのだ。

物凄く残念がられたが、『いつまでたっても、ここに引っ越してこられないですよ？』と言うと承諾してくれ、本来の予定通り、夕方に桜庭家にお邪魔する、ということで落ち着いたのだ。

「思った以上に難敵で、ちょっとへコんでます」

苦手だから作業ははかどらないし、集中力もすぐに切れてしまう。

今日一日あれば、半分くらいはと思っていたのだが、そのさらに半分さえ危うい感じだ。

『じゃあ、今から少し休憩しないかい？　近くまで陣中《じんちゅう》見舞いを持って来てるんだけど』

「え？」

そう返した時、玄関のドアがノックされる音がした。

まさかと思いつつ、電話をつないだままで玄関に急ぎドアを開ける。

すると、そこには携帯電話を手に笑う久仁と、ケーキが入っていると思《おぼ》しき箱を持った祐《ゆう》輝《き》、そしてランディーがいた。

「まきさん、こんにちは」

にっこり笑顔で挨拶してくる祐輝に、驚きも戸惑いもすべて追いやられてしまい、槙は「こんにちは」と返すしかなかった。

「ランディーの散歩に出たついでに、少し槇くんの顔を見ていこうかって話になってね」

とりあえず上がってもらい、キッチンのテーブルを三人で囲みながらおやつタイムになった。

テーブルはキッチンの狭さからすれば少し大きいのだが、リサイクルショップで格安で出ていたものだ。折り畳みの木製の椅子がついていて、確か二千円ほどだった。

天板に大きな目立つ傷があり、恐らくは四脚セットだっただろう椅子が三脚しかついていないので、その値段だったのだろうと思う。

だが、傷はテーブルクロスをかけてしまえば見えないし、基本的に誰かを招くこともない部屋だったので、椅子は一脚あれば充分だった。

なので普段は畳んで置いてある椅子を出し、三人でテーブルを囲んでいる。

なお、ランディーは足の裏を綺麗に拭いて祐輝の椅子の後ろで大人《おとな》しく伏せていた。

「夕方には、お伺いするのに」

笑いながら槇が返すと、

「おやつ、みんないっしょ、たのしい」

祐輝はやっぱり笑顔で返してくる。

「片付けで忙しいかなと思ったんだけど…休憩も必要かと思ってね」

少し申し訳なさそうに付け足した久仁に、

「苦戦続きで心が折れそうになっていたので、ちょうどいいタイミングでした」

槇は苦笑しながら返し、持ってきてくれたケーキを取り分ける。

飲み物も近くの店でペットボトルの紅茶を買ってきてくれていて、多分、お茶の準備という手間すらかけさせないためなんだろうなと思うと、久仁の気遣いの細《こま》やかさに、本当に凄い人だなと改めて思う。

こうして、三人でおやつタイムが始まったのだが、

「苦戦続きって言ってたけど、片付けは、はかばかしくないのかな？」

「片付け、苦手なんですよ」

槇の言葉に久仁は首を傾《かし》げる。

「意外だね。でも、片付けの最中の向こうの部屋は別として、台所なんかはきちんと片付いてて、とても苦手なようには思えないけど」

「出したものを元へ戻すっていうのはできるんですけど、そうじゃなくていつの間にか増えちゃったものとか、前は使ってたけど今は使用頻度が下がってるなってものとか、そういうのの見切りをつけるのができなくて。……使えるものを捨てちゃうのって、なんか罪悪感があるし」

語尾がごにょごにょと怪しくなってしまうのは、だらしないと呆《あき》れられないだろうかと不安になるからだ。

しかし、久仁は少し考えると、

「確かに『使っていないけど、まだ使えるもの』を捨ててしまうのには罪悪感がついて回るよね。大事にしていたものならなおのこと愛着もあるだろうし」

槇に同意した後、穏やかに続けた。

「どうしても、捨てなければいけないという状況なら、基準を作ってそれに合わせて無感情に判断するのが一番早いだろうね」

「基準……。桜庭《さくらば》さんは、どうしてますか？」

「そうだね、祐輝と今のところに引っ越す時には、使っているものから順番に箱に詰めて、残ったものは三年以内に使ったものと、そうじゃないものに分けて新居に運んで、使ってるもの、三年以内に使ったものの順番にしまっていって、入らなかったものは処分しちゃったね。もったいないとも思ったけど……でもそういうのは『持ってただけ』になってたから」

「そうなんですね……」

確かにいい方法だと思った。

だが、実際に自分がとなると割りきれるだろうかと考えてしまって、つい返事が重くなる。

そんな槇に、

「まあ、基準は人それぞれあるから。でも、この部屋の荷物を全部持って行ってもいいんじゃないのかな。槙くんに来てもらう予定の部屋の収納も割と大きいし、ウォークインクローゼットもまだまだ空いてるし。食器棚なんかの家具は諦《あきら》めてもらうとしても、ここのもの、全部入ると思うよ？」

久仁はさらりとそんなことを言ってくる。

「それは……」

「何か問題？　全部一旦運んで、収納しきれなかったものだけは考えればいいと思うんだけど？」

そこまで言って、久仁は祐輝を見た。

「祐輝も、早く槙くんが引っ越してきた方がいいよね？」

久仁に言われ、祐輝は大きく頷《うなず》いた。

「うん！　まきさんがきたら、まえみたいに、あさごはんもおひるごはんも、まいにちいっしょ」

前みたいに、というのは槙が怪我をして桜庭家に世話になっていた時のことだ。

あの時は本当に一日中一緒だった。

「っていうことだから、取捨選択は考えないでとりあえず全部、詰めてしまえばどうかな？」

笑顔でそこそこ強引に話を進めようとする久仁に、槙は苦笑しながら、

「善処します」

と言うのが精一杯だった。

おやつのあと、どうせなら一緒にマンションに帰ろうということになり、それまでの時間、久仁と祐輝も片付けを手伝ってくれた。

祐輝の、

「おてつだいする。おてつだいしたら、まきさん、はやくおうちにくる」

という主張によるものだ。

とはいえ、いる、いらないの判断は槇しかできないので、手伝ってもらうことは少ない。

それでも一人でやっていた時に嫌気がさして心が折れてしまいそうだったのが、一緒に喋《しゃべ》りながらだったり相談しながらだったりだと、気が紛れてはかどった。

二時間ほど手伝ってもらって、引っ張り出してきた荷物をしまい直した時には、四分の一くらいは思い切りをつけて処分が決められた。

「じゃあ、これは今度のゴミの日に出しやすいようにこっちに運んでおくね」

久仁はゴミ袋を持って、玄関近くの空いているスペースに運んでいく。

「まきさん、おうち、こられる？」

キラキラの目で槇を見上げて祐輝は聞いてくる。

「そうだね、祐輝くんが手伝ってくれたから、予定よりも早く引っ越しできるかな」

「いつ？　あした？」

「明日…は無理かな」

どう答えたものかと悩んでいると、戻って来た久仁が祐輝を抱きあげた。

「満月があと二回来るまでには、来てくれるよ」

「まんげつ。おつきさま、まんまる？」

「そう、真ん丸のお月さま」

「じゃあ、ゆうき、まいにちおつきさま、まんまるおいのりする」

月の動きの仕組みがまだ分かっていない祐輝の言葉に、久仁は笑いながら、

「早く槇くんが引っ越してきますようにってお祈りするんだよ」

真ん丸になるのを祈るのではなく、そちらを祈るように言葉を添え、祐輝は頷いた。

こうして、流れの中で槇の引っ越し期限が切られたのだった。

◆◇◆

久仁達と一緒にアパートを出て、彼らのマンションについたのは六時過ぎだった。

久仁の作ったカレーを食べ、食後はトランプや、新しく久仁が買ってきたボードゲームをプレイして過ごし、いつもの時間に祐輝を風呂に入れ――今日は久仁がお風呂の番だった――槇が寝かしつける。

その役割分担自体は以前に決めたままで何も変わっていない。

しかし、久仁への気持ちを制限しなくなってから――告白されて、つきあうということになってから制限をしていたつもりはなかった。だが、やはり自分と久仁との間にあるすべての面においての格差を意識していた頃は、やはり際限なく好きになることが怖かったのかもしれない。

けれど、それが少しずつなくなっていくにつれて、ただの役割分担でしかなかったそれが、槇の中でも別の意味を持ち始めた。

たとえば、今のように祐輝を寝かしつけるために一緒に布団にいてその温かさを感じる時も、以前は可愛いとしか思わなかったのだが、可愛いという感情以上のものがあるように思える。

「『鬼が島が見えてきましたぞ、桃太郎さま』その雉《きじ》の声の通り、海の上にごつごつとした岩でできた島が見えてきました……」

そこまで読んで全く身動きしなくなった隣を見ると、祐輝は寝息を立てていた。

「もう少しで鬼が島に到着だったんだけど、残念。鬼退治はまた今度だね」

小さい声で囁《ささや》いて、槇はベッドから抜け出る。

ベッドの脇ではいつものようにランディーが寝そべっていて、槇がベッドから出た気配に頭を上げた。

「ランディー、あとはよろしくね」

頭をなでながら小声で告げて、槇はそっと祐輝の部屋を後にした。

リビングに行くと、久仁がソファーに座って読書中だったが、槇が入って来たのに気付いて本を閉じた。

「やっぱり祐輝が寝入るのは早かったな」

「やっぱりって？」

笑みながら言う久仁に問い返し、槇はソファーに歩み寄り、久仁の隣に少しだけ間を置いて腰を下ろす。

やっぱり自分からぴったりと体をつけて座るのは、恥ずかしくて未《いま》だにできなかった。

「ランディーの散歩のときに少々ハードに遊んだからね。早く寝てほしくて」

「あくどい『パパ』ですね」

「祐輝は楽しんでたよ。あの年齢の子供はこんなに元気なのかとこっちが驚くくらいだ」

そう言ってから久仁はテーブルの上に置いていた携帯電話を手に取った。そして慣れた様子で操作をし、画面にウェブサイトを表示させる。

「調べてたんだけど、どうやら週明けの月曜日が満月らしい」

そう言って見せてきたのは月の運行カレンダーと書かれたサイトだった。

「ああ、そうみたいですね」

確かに月曜が満月の表示になっているが、どうして急にこんなことを言いだしたのか分からなかった。

「いいのかな、そんな風に悠長にしてて。二度目の満月までの日数が物凄く短いってことだけど」

「二度目の満月……？」

何かあっただろうか、と考えて、槙は夕方の祐輝との約束を思い出した。

「あ！」

「そういうこと。ほぼ一カ月しかないってことだけど、大丈夫？」

「全然大丈夫じゃないです……。まさか、そんな…最初の満月がそんなに直近だなんて」

「まさかだよね。満月が終わったばかりだったら二ヵ月近く取れたんだけど」

久仁は苦笑していたが、正直、槙の頭の中は「どうしよう」で埋め尽くされていた。

「そんな顔をしないで。とりあえず、月曜日の満月に祐輝が気付かなければ一カ月ごまかせると思うし」

「月曜日の満月に気付いちゃったら？　嘘はつきたくないです」

「その時は、昼間も言った通り、荷物を全部持って越しておいで。箱詰め作業だけならまだ簡単だろう？　っていうか、今から少しずつ運んでくればいいんだよ。使わない荷物から順番に」

久仁は簡単に言ってくれるが、簡単なことのようには槇には思えなかった。

「大丈夫、なんとかなるから」

何とも返事ができない槇に笑いながら、久仁はそっと槇の肩に手を回し、抱き寄せる。

お風呂に入った後だというのに、毎日つけているからか、久仁からはあの香水の香りがして、その香りにまるで条件反射のように胸が少し鼓動を速める。

こんなことくらいで、と正直思う。

体を重ねるようになって、もうしばらく経《た》つのに、こんなことくらいで、と。

でも、自分ではどうにもできないことなので、仕方がない。

できることと言えば、悟られないようにすることくらいだ。

もっとも、かなりの確率で悟られているような気もするが。

「引っ越しの話のついでと言うと、ちょっと違うんだけど」

久仁はそう前置きをして、言葉を続けた。

「このマンションで、犬を飼ってる人が多いのは知ってるよね？」

「はい」

セレブが住まうと噂のマンションだけあって、飼育されている犬もきらきらしい純血種がほとんどで、それこそテレビなどでしか見たことがなかったような犬もいた。

「たまたまランディーを連れてる時に一緒になった人とトリミングの話になってね。その人は送迎してもらえるショップに頼んでるみたいなんだけど、そのうちの一頭がどうも車があまり好きじゃないみたいで近くにいいトリマーはいないかって聞いてきたから、槇くんのことを話したら、一度槇くんと会ってみたいって」

「ありがとうございます」

「まだ決まったわけじゃないよ」

久仁はそう言ったが、

「でも、そうやって紹介してもらえるだけでも嬉しいです」

純粋にそう思って槇は返す。

しかし、久仁は思案顔だ。

「槇くんの仕事が順調なのは喜ぶべきことなんだけど、正直あんまり忙しいとこうして一緒にいられる時間が少なくなるのが不満でね」

そう言われると、途端にどう返していいのか分からなくなる。……恥ずかしくて。

「そういう顔も可愛いだけなんだけど?」

「……どういう顔か分かりません」

「今度、鏡を見せてあげるよ。それで、その話をした時に思ったんだけど、槇くん、今は散歩の代行がメインみたいになってるけど、本当はトリミングの仕事の方をメインにしたいんだよね？」

「……本来は、トリマーなので。でも、代行の方も喜んでもらえてるからやめたいってわけじゃなくて…」

高齢の飼い主などからは頼りにされているから、やめるということは正直考えられないし、犬と関わっていられる仕事だし、不満があるわけではない。

ただ、我儘《わがまま》なようだけれど、トリマーとしてもう少しそっちの仕事をやりたいというのも本音だ。

「ゆくゆくはってことで話を進めるけど、この近くか、それこそこのマンションでサロンを構えればいいんじゃないかと思いついたんだよね」

「……え？」

「マンションの中にサロンがあれば、遠いところよりは近いところの方がいいってお客さんもいるし、雨が降ろうとどうしようと濡れずに行き来できるし、お客様は見込めると思うんだよ。まあ、それが無理なら徒歩圏内の物件で。具体的に決まったら、散歩の代行の新規募集を停止して、徐々に移行していく感じっていうか」

仮定の話だとは思う。

思うのだが、久仁の口調は妙にリアルで、そこそこ本気なんじゃないかなという気がして、乗り気で返したら怒濤《どとう》の勢いで話を進められそうな感じがした。

「面白い話だと思いますけど」

「そうだろう?」

「でも、この辺りの家賃、凄いですよね? このマンションでサロンなんか開いたらっていうか、そもそもサロンなんかやって大丈夫なんですかね?」

一番現実的な部分で無理な話だと槙は返す。

しかし、久仁はニコリと笑った。

「槙くん、俺の仕事が何か覚えてる?」

「社長ですよね? 桜庭エステートの」

どうしてそんなことを聞いてくるんだろうと思いつつ返した槙に、久仁は言った。

「そう、桜庭エステート。横文字で小難しく言ってるけど、日本語にすれば桜庭不動産。不動産が扱っているのはなんでしょう?」

「あ……」

「この周辺にもいくつか物件はあるし、知らなかったかもしれないけど、このマンション自体桜庭エステートの物件なんだよ。もちろん空き物件の情報も把握《はあく》済み」

にっこり笑顔の久仁だが、完全に真綿で首を絞《し》める攻撃に入っている。

「……家賃が払えませんっていうか、ここ分譲ですよね？」

「上層階はね。三階部分までは賃貸だよ。家賃に関しては、まあ安いとは言えないけど、空き部屋を災害時の備蓄倉庫にしてしまおうかって話も出てて、その改装の時に、たとえば一部屋だけサロンにして残りの部屋を災害備蓄品の倉庫にしちゃうってこともできるし。そうすれば家賃は随分と抑えられるし、身内価格にしておくよ？」

真綿は徐々に絞められてきた。

「今は、考えられないんですけど？」

「うん、今はね。だから将来的な話。祐輝が小学校に行くようになれば、いろいろと状況も変わるし」

「小学校……、そうですね、来年の春には小学生になるんですね」

祐輝は今年で六歳になる。日本語が不得手なことから今は幼稚園に行けてはいないが、小学校に行かないというわけにはいかないだろう。

「小学校はどこにするか、決めてるんですか？」

「今のところ、アメリカンスクールを考えてるよ。今の祐輝の日本語力だと友達が出来づらくなる可能性があるし、英語力を落としたくもない。……日本語に関しては、槇くんと話したいなら日本語しか通用しないから、頑張って勉強するだろうし」

「僕が英語がペラペラになる可能性もありますよ？」

そう言った槇に久仁はふっと笑った。

「そうなったら、アメリカに引っ越そう。同性婚が許可されてる州にね。そうすれば大っぴらにイチャイチャできる」

——あ、ヤブヘビ……。

そう思ったが、もう遅い。

「とりあえずは、祐輝も寝たことだし、ひっそりイチャイチャさせてもらおうかな？」

逃げ出そうと思った時には、肩を抱く腕にはしっかり力が込められていて。

僕まだお風呂済ませてないんですけど、などと言う槇の言葉は、どうせ後でまた入ることになるんだからという言葉に押し流されたのだった。

あとがき

こんにちは。寝ても寝ても眠たい魔法にかかっている松幸かほです。いや、ほんと眠たい……のですが寝ている時間の割に疲れが取れていない気がするので、疲れが取れると噂のエ●ウィ●ブを買うかどうか悩んでいます。かれこれ三年ほど。だって高いんだもん……。

そんなわけで、今回はエ●ウィ●ブが欲しいと言えば躊躇なく幾つでも買ってあげるよと言ってくれそうな（いや、一つでいいですけど）、不動産会社社長の攻めと、犬好きされる体質のトリマー受け、そしてカタコトの日本語が可愛い子供のお話です。プラス、犬！

今回、子守をしてくれそうな犬を出したいと思って、コリーをチョイスしました。ボーダーコリーではなく、ラフ・コリーの方です。一定の年齢より上の方（つまり私と似た年齢）の方には「ラッシー」と言うと分かりやすいかもです。

決してヨーグルトドリンクの方ではなく。

あのふわふわモフモフ具合が本当に素敵だと思います。

……いかん、ふわモフについて語り始めたら止まらなくなってしまう…。

槇は真面目なんだけど、あまり目立つタイプではなく、兄が凄い人すぎたこともあって「自分はこの程度で充分」と思ってしまう感じ。そんな槇を見染めて、押しつけがましくない強引さで自分のものにしようと画策する久仁。流されまいとしつつも気が付いたら結構流されてしまっている槇に、何度「騙されてる！　騙されてるから！」と声をかけてあげたくなったか。

そして、無駄に可愛い祐輝と、祐輝が笑顔ならなんでもいいんです、なランディーは書いていて物凄く楽しかったです。

そんな面々にイラストをつけてくださったのは陵クミコ先生です。素敵なイラストを描かれる先生なので、凄く楽しみです！　むしろ誰よりも一番楽しみにしているのが私かもしれない。本当にありがとうございます。

あと、担当のA様には本当にお世話になりました。初稿提出後に「二十ページほど足りないです…（震え声）」なメールをいただいた時は、その場で埋まりたくなりました。足し算すらできない女ですみません。高校時代、数学教科担任から「松幸さんは算数の時点で躓いてるから」と鈴を転がすような可愛らしい声で、明るくさわやかに言われたことを思い出します。未だにそれが改善されていないという……ダメすぎる。だからイベントでもお釣りを渡す時にフリーズしちゃうんです…。次回から電卓を一番に荷物に詰めます！

こんな風に基本的に周囲に迷惑をかけつつやっている私ですが、本当に読んで下さる皆様には感謝しかありません。

これからも頑張りますのでどうぞよろしくお願いします。

二〇一六年　連休が明けたのに連休をまだ引きずってる五月　松幸かほ

✦初出　社長と溺愛子育て中……………書き下ろし
社長は新婚生活画策中…………書き下ろし

松幸かほ先生、陵クミコ先生へのお便り、本作品に関するご意見、ご感想などは
〒151-0051 東京都渋谷区千駄ヶ谷 4-9-7
幻冬舎コミックス　ルチル文庫「社長と溺愛子育て中」係まで。

幻冬舎ルチル文庫

社長と溺愛子育て中

2016年6月20日　　第1刷発行

✦著者　松幸かほ　まつゆき かほ

✦発行人　石原正康

✦発行元　株式会社 幻冬舎コミックス
〒151-0051 東京都渋谷区千駄ヶ谷 4-9-7
電話 03(5411)6431［編集］

✦発売元　株式会社 幻冬舎
〒151-0051 東京都渋谷区千駄ヶ谷 4-9-7
電話 03(5411)6222［営業］
振替 00120-8-767643

✦印刷・製本所　中央精版印刷株式会社

✦検印廃止

ISBN978-4-344-83752-2　C0193　Printed in Japan